Robert
MAXIMILIAM

NOVELA

HUELLAS

«Somos el reflejo de nuestras huellas»

2021

« HUELLAS »

«Somos el reflejo de nuestras huellas»

ISBN 978-1-989983-11-9

«HUELLAS»

«Somos el reflejo de nuestras huellas»

INDICE

INTRODUCCIÓN

Esta historia se desarrolla en una primera instancia en la bella ciudad de Montreal en la provincia canadiense de Quebec y, luego, se desarrolla en algún lugar de Latinoamérica. La novela «Huellas» nos relata la importancia de nuestras acciones, buenas y malas.

La novela cuenta la historia de **Rosa María y Roque**. Dos personajes que se ven reunidos por los azahares de la vida. Cada uno trae consigo una maleta de huellas que, en cierta manera, condiciona su manera de comportarse frente a los demás. La chica se vio inmiscuida involuntariamente, por su compañero de vida, en una situación de tráfico de drogas. El joven, después de ciertos fracasos amorosos, se volvió: hermético, práctico y, hasta cierto punto, antisocial.

La vida llevó a nuestros personajes por diferentes senderos hasta unirlos a través de la religión. El chico, después de huir y apartarse de sus raíces latinas, se ve en la necesidad de buscar la razón de su existencia. Por eso, tratando de dar luz a su vacío espiritual, decide acudir a una iglesia católica. En el lugar, encuentra a una joven muy guapa, **Celeste**, con quien establece una relación de amistad y se une a un grupo de jóvenes llamado «Huellas». Por su parte, Rosa María vive el infierno de una prisión, mientras espera sentencia por su relación con un mafioso. Dentro de la cárcel se da cuenta de que está embarazada. Esta noticia, la despierta a una realidad inesperada: abortar o tener a su hijo. Su pasado católico y la oportunidad de salir bajo esa excusa, entra en juego para dar vida a un ser humano. En su cabeza se debate la posibilidad de dar en adopción a su bebé.

Mientras tanto, su abogado, utiliza el embarazo y la declaración contra su marido para sacarla del lugar. A los tres meses de embarazo, la mujer sale del reclusorio y se ve en la calle sin dinero ni trabajo. Una residencia para mujeres itinerantes la acoge y ahí empieza una nueva vida.

El destino le lleva a una iglesia católica y ahí encuentra a **Celeste**, que le ofrece su amistad. Al igual que a Roque, Celeste la invita a formar parte del grupo de jóvenes. En ese momento comienza una nueva aventura porque los integrantes la adoptan y se vuelven, para ella, una verdadera familia.

Cuando Rosa María llega al grupo, **Roque** tenía varias reuniones de no asistir porque estaba ocupado estudiando para preparar sus exámenes. Al mes, al integrarse nuevamente, se da el encuentro entre ambos personajes y la química parece no correr entre ambos. La chica parecía un pez en la bañera y la mayoría de integrantes siempre andaban alrededor suyo.

Mientras tanto, Celeste se ocupó de ponerlo al tanto de la situación. Los rumores decían que la chica estaba enamorada de Roque. Sin embargo, ellos habían puesto en claro su situación y habían decidido apostar por la amistad.

El tiempo hizo su trabajo y, poco a poco, la relación entre Roque y Rosa María provocó que naciera entre los dos una relación de amistad. Todo partió en un retiro espiritual donde ambos tuvieron que compartir sus vivencias, miedos y sueños.

Al inicio de la relación, ambos personajes tratan de mantener el distanciamiento. Sin embargo, Roque, de manera indirecta y con la ayuda de Celeste que, se había declarado «madrina de la pequeña» se mantuvo atento a las necesidades de la mujer preñada.

El tiempo siguió su rutina y el embarazo de Rosa María no se podía ocultar y con ello, las necesidades se multiplicaron. La mayoría del grupo tenía su propia vida y por eso, no podían estar pendientes a tiempo completo de joven. La única que siempre estuvo a su lado fue: Celeste y detrás de ella, Roque.

Para Rosa María, la situación se ponía cada vez más delicada. La mujer no estaba habituada a pasar miserias y por esa razón, su estima se veía muy afectada. La vida le estaba haciendo pagar algunos platos rotos.

«Las huellas son semillas que un día han de germinar. Y sus frutos dependerán, de la calidad de su pisar».

HUELLAS

Nuestras acciones nos pintan como en verdad somos.

I- UN NUEVO COMIENZO

Una sorpresa inesperada esperaba a Rosa María. Celeste la había invitado a visitar un apartamento porque consideraba que estaba perfecto para ella y su bebé. Tenían más de dos meses de estar buscando apartamento para la madre soltera. Hasta la fecha, ninguno les había parecido correcto. Las razones eran, muchas: mal estado, demasiado caro, lejos de una estación de tren, no habían guarderías cerca y hasta tomaron en cuenta la proximidad de alguna clínica.

Rosa María había comenzado a tener problemas hormonales, sus pies se inflamaban y había subido mucho de peso. A pesar de todo eso, la mujer mantenía una alegría a flor de piel; aunque, solamente, ella sabía que al estar sola, lloraba seguido como una Magdalena.

La sorpresa había sido una idea Roque. Él había vivido anteriormente en ese edificio y conocía al dueño. Un día que se encontraron, le comentó que unos inquilinos habían dejado uno de sus apartamentos casi destruidos. Las paredes, tuberías y hasta los focos estaban en mal estado. Fue ahí que el chico le propuso que le alquilara el apartamento a un precio módico para una amiga con su bebé y él se encargaría de arreglarlo. Con el dinero que se ahorraría, el dueño saldría ganando. El tipo aceptó y Roque habló con el grupo de jóvenes. Tanto hombres como mujeres se pusieron las pilas y pusieron el lugar como nuevo. Lo dejaron listo para ocupar, consiguieron todo: camas, mesas, luces, televisión, cortinas, platos y hasta, la cuna.

Rosa María nunca sospechó la sorpresa, casi todo el grupo estaba esperándola con el regalo, menos Roque porque tenía una reunión de grupo de la universidad.

— ¿A dónde me llevas? Mira que no puedo caminar mucho. —Renegaba un poco Rosa María, lo hacía desde que había salido de la estación del tren.

— ¡No te quejes, tanto! Ya vamos a llegar. Si te fijas, acabamos de pasar un supermercado, aquel edificio es un hospital, el metro está cerca y el bus que pasa por esta calle, pasa cada diez minutos.

— ¿Esta zona debe ser muy cara? No podré pagar un alquiler. ¡No perdamos el tiempo!

— No te preocupes, estamos cerca y según hablé con el dueño, el alquiler está al alcance de tu bolsillo. Eso, ya está arreglado.

— ¿Cómo arreglado? Lo alquilaste sin que lo viera. Eso no se hace. ¿En que líos me has metido?

— No te preocupes. Si no te gusta, el trato se deshace.

— ¿Segura?

— Completamente. Y como ves, no está muy lejos. ¡Aquí es!

— Por lo menos, la entrada está muy bonita.

— El interior está mejor.

— Honestamente, el lugar se ve muy bonito. ¿Estás segura de que puedo pagarlo?

— El único problema es que se encuentra en el segundo piso. Hay que subir varias gradas.

— Me hará bien para las piernas.

— Un poco mas y llegamos. No está lejos de la entrada.

— No me digas que es el número cinco. Mi número de la suerte.

— Has dado en el clavo. Es el apartamento cinco. ¡Aquí está la llave! ¡Abre!

Cuando la chica abrió la puerta de entrada, unos gritos de sorpresa inundaron el lugar.

— ¡Este es tu nuevo hogar! — Dijo Celeste invitándola a conocer el apartamento mientras que el resto de los amigos le acompañaban. Rosa María no pudo sostener las lágrimas de alegría y abrazando a cada miembro, les agradeció el gesto. Esa noche, el grupo le comentó todos los pormenores de la sorpresa.

Hasta ese momento, Rosa María desconocía que Roque había estado detrás de muchas cosas positivas que le habían ocurrido en esos dos meses en el grupo. Los alimentos y las medicinas propias para el desarrollo de un embarazo; los trabajos ocasionales, la vestimenta de invierno y hasta, los productos para la higiene personal. Celeste había sido la cómplice en esos gestos de amor, cariño y amistad.

Por su parte, Roque había guardado su distancia y ni siquiera había ido a conocer el apartamento. Bajo el pretexto que tenía mucho que estudiar porque estaba en exámenes finales. Por alguna razón que solamente él conocía, se mantenía al margen y alejado de todo contacto con Rosa María.

La Navidad había llegado de manera apresurada y el frío se había hecho, presente, desde el mes de octubre. Se presagiaba que ese invierno sería: frío y largo. Como esas fechas, para los latinos, son muy especiales por ser familiares, Rosa María invitó al grupo para que la acompañara, al menos, hasta las doce de la medianoche. De inmediato, algunos se apuntaron para acompañarla. La mayoría no podía porque era obligatorio pasarla con respectivas familias.

Rosa María, a pesar de ser joven, la vida la había hecho madurar bastante rápido. Por esa razón, sospechó que, detrás de tanta ayuda de parte de Celeste, se encontraba un benefactor anónimo. Aunque estaba agradecida no deseaba deberle nada a nadie. Un orgullo de mujer le invitaba a descubrir al personaje.

Sin mucho problema, la mujer le sacó la verdad a su amiga y ahí se dio cuenta de todo lo que había hecho Roque. Celeste le dio algunas razones para tal gesto y ella aceptó, aparentemente, para dejar las aguas tranquilas. Por la noche, se puso a meditar sobre el chico y sacó, algunas conclusiones: tenía compasión por ser mujer, estar en cinta y sola; quería aparecer buena persona pero de lejos; y no era atractiva para sus ojos porque a lo mejor estaba: muy gorda y fea. Un sabor amargo le quedó en su ser y decidió conocer las verdaderas razones.

La chica preparó un plan porque sabía que Roque era bastante huraño, sobre todo, si se trataba de ella. Una noche en el grupo, volvió a hacer la invitación y viendo que el joven no se apuntó, delante de todos, le invitó. Sin embargo, el muchacho no se comprometió, pero dejó la posibilidad de ir. Según él, había adquirido algunos compromisos para esa fecha.

La mujer no se quedó tranquila y aunque aceptó la respuesta. Durante la reunión, buscó un momento para acercarse y pedirle un favor personal. Supuestamente, el chico manejaba muy bien la lengua de Moliere, el francés. Le dijo que necesitaba enviar un mensaje a su madre y no sabía dónde ni cómo pedirlo en la agencia para enviar encomiendas.

Roque, en esta ocasión, no pudo negarse. La mujer le pidió que fuera a su apartamento para recoger el paquete, pero las distancias eran demasiado grandes entre la universidad y el hogar de la mujer. Por esa razón, la chica le propuso verse a cierta hora en la entrada de una estación del tren subterráneo.

Al día siguiente, se encontraron en el lugar indicado y se fueron al lugar de las encomiendas. Desde ese momento, algo cambió entre los dos, una especie de comunión espiritual se instaló entre ambos. Las vibras positivas fueron tan fuertes que, les puso algo incómodos. En cada contacto corporal, las ondas se expandían como olas abriéndose después de experimentar el golpe de una piedra. Aquella sensación provocó, en un primer momento, el deseo de alejarse uno del otro; sin embargo, otra sensación provocaba un empuje hacia la otra persona, parecido a la atracción de un imán.

Rosa María que tenía mas recorrido en esas aguas, quiso saber hasta dónde estiraba esa cuerda.

Al terminar de hacer el encargo, Roque le dijo que la acompañaría hasta la estación del tren. En su pensamiento no quería parecer mal educado porque un deseo de salir corriendo lo puso muy inquieto. La mujer se plantó y le dijo:

— ¡Veo que está incómodo a mi lado! ¿Será que es porque estoy embarazada y no quiere que piensen que tiene una mujer en cinta? Si gusta, me puede dejar aquí, no se preocupe. Sé, cómo llegar a mi casa. — La mujer lo había hecho para provocarlo en el orgullo masculino y tratándolo de usted, puso cierta barrera.

Roque se sintió, interpelado y algo mal consigo mismo. Por esa razón, trató de enmendar su comportamiento.

— ¡Lo siento mucho! ¡No he querido hacerte sentir mal! Esas cosas no me causan problemas. Quizás, me he perdido en mis pensamientos, acabo de terminar un examen difícil y en mi mente, todavía vuelan algunas preguntas que posiblemente contesté mal. Quítate de la mente que me siento mal al acompañarte. Pienso que para cualquier hombre debe ser un orgullo estar con su mujer en cinta.

— Ni tanto, se sorprendería la cantidad de hombres que niegan a sus hijos.

— Lo sé, pero no es mi caso.

— Cambiando de plática, ¿conoce algún lugar cercano que, tenga baños? ¡Creo que necesito con urgencias vacíar algo de líquido! Cosa de mujer en cinta.

— ¡Claro que sí! — El chico se puso algo nervioso ¿No viene todavía, verdad?

— No, para nada. — Ver al joven nervioso le sacó una bella sonrisa que iluminó su rostro.

Roque le condujo a un restaurante chino y pidió que le permitieran utilizar los servicios para su mujer embarazada. Al escucharlo, la mujer reconoció algunas frases y le causó cierta gracia el pretexto que utilizó para pedir el favor. En el fondo, le gustó sentirse apoyada por un hombre.

Al salir, el chico había tomado la iniciativa de preguntar sobre los precios de los platos de comida con la intención de invitarla a cenar. Al verla llegar, la invitó y la mujer aceptó. Ella tenía varios meses de no visitar un restaurante por falta de fondos.

Una mesera los llevó a una mesa cerca de la ventana para que pudieran observar a la gente que pasaba frente al local. Ambos fueron a buscar los platos preferidos según sus gustos. Comieron y conversaron de generalidades. El tiempo pasó muy rápido y al salir, la noche había caído en el centro de la ciudad. Se dirigieron a la estación del tren subterráneo, llamado: «metro». El tren viajaba muy rápido y el viaje no duró más de treinta minutos. Luego, abordaron un bus urbano que los llevaría hasta la puerta de la casa. A eso de las siete de la noche estaban bajando del vehículo.

En ese momento, el joven se disponía a alejarse porque su intención era: dejarla frente de la casa. A pesar de que la conversación y la compañía eran, muy buenas; él prefería mantenerse alejado de la mujer. Sentir esa extraña, atracción, le indicaba que debía alejarse de su lado.

Al llegar a la entrada del edificio, en ese preciso momento, salía el dueño. Al ver al chico, le saludó y le preguntó si todo estaba bien.

Roque al verse descubierto, trató de disimular y cortar rápidamente la conversación. Sin embargo, Rosa María se dio cuenta rápidamente y sumó rápidamente para obtener la respuesta. El chico quiso apagar el fuego y respiró profundo, cómo queriendo tomar valor y le dijo:

— ¡Bueno! Ya está en casa. Creo que es momento de despedirnos. Su compañía ha sido muy agradable.

— ¡Lo mismo, digo! ¡Gracias por todo! — La mujer se mantenía su postura.

— ¡No hay nada que, agradecer! Lo hice con mucho placer.

— ¿Está preciso?

— ¿Por qué? ¿Necesita algo?

— No. Bueno, en verdad sí. Necesito hablar con usted de varias cositas que quiero aclarar.

— ¿Y eso?

— ¡Aquí no! Le invito a un café y hablamos. No me lo comeré ni lo dañaré. — Sonrió de forma sarcástica y algo, coqueta.

— ¿Por qué dice eso?

— En verdad, quiero hablar con usted de algo. Aquí está haciendo mucho frío y mis pies me duelen, creo que se han inflamado. — La mujer le mostró un pie y la inflamación.

— ¡Es verdad! Disculpe al hacerla caminar tanto.

— No es su culpa, es normal; no es mujer como yo. Nuestro cuerpo experimenta muchas transformaciones. Me siento como una ballena: inflada y fea.

— No debe ofender a las ballenas porque son hermosas. Yo no la veo así, inclusive me parece que el embarazo le cae bien.

— No, lo creo y para ser honesta: quiero que los días pasen rápido para dar a luz. Cada vez se hace más difícil. ¿Le gustan las ballenas... humanas?

— No me caen mal. Entremos para que descanse un poco.

Ambos subieron las gradas porque el apartamento se encontraba en una segunda planta.

La pareja entró al apartamento y el joven ayudó a la mujer para que se acomodara en un sofá. Luego, se apresuró a poner agua a hervir y buscó unas hierbas: Manzanilla, tilo y jengibre. La joven al verlo desenvolverse muy bien en la cocina, le preguntó:

— Por lo que veo, se maneja muy bien en la cocina. ¿Dónde aprendió o mejor dicho quién le enseñó a cocinar? — Lo dijo con tono picaresco.

— La necesidad, mi madre y más que alguna amiga.

— ¿Amiga con derecho o amiga sin derecho?

— Las dos.

— Interesante. No intenta ocultar su pasado.

— ¿Por qué tendría que hacer eso?

— Todos guardamos huellas que no deseamos que los demás conozcan.

— Es verdad pero en ese campo no tengo ningún problema. ¿Usted si?

— ¿Tiene novia? — La mujer no quiso contestar.

— Oficial, no. Tengo mis amigas y conocidas.

— ¿Y sus amigas le dan más que amistad? Espero, no molestar por tanta pregunta. Es simple curiosidad de mujer.

— Algunas, pero con ellas todo es muy claro. Ambos nos protegemos y tratamos de ser discretos. Usted sabe, no todo el mundo acepta ese tipo de relaciones. Nuestra comunidad por muy liberada que parezca siempre guarda muchos principios y normas de nuestra cultura.

— ¡Dígamelo a mí! Por algo así, dejé el hogar de mis padres.

— ¡El remedio está listo! — El chico se acercó con un recipiente conteniendo el agua caliente y en su hombre unas toallas. Se arrodilló y se colocó a los pies de la mujer que lo recibía con una sonrisa de agrado.

El hombre agarró los dos pies y los colocó dentro del recipiente. Luego, uno a uno, aplicó el masaje. Después, dejó reposar ambos pies para que las hierbas hicieran efecto. Mientras, efectuaba el masaje en los pies y las pantorrillas, la mujer lo veía con cierta incredulidad. En cierto momento, sintió un deseo sexual y tuvo que colocarse las manos entre sus piernas para apagar aquel fuego interior.

La mujer se dijo: «Creo que tengo mucho tiempo de no estar con un hombre». Respiró profundo y concentrándose trató de controlar su cuerpo. Roque dejó los pies de la mujer en el agua y se colocó al costado.

Rosa María sintió, mucho calor y aflojándose el vestido holgado, dijo:

— El embarazo me provoca muchos cambios de temperatura en mi cuerpo. Por ejemplo, siento que, me quemo.

— Está en su casa y debería ponerse cómoda.

— No podría hacerlo porque eso significaría que, me quitaría todo. ¡Se puede asustar con lo que vea!

— No lo creo. Aunque no la conocí sin embarazo, estoy seguro de que posee un cuerpo bonito. Como dicen algunos: su estado es pasajero, esa barriga desaparecerá. Al contrario de otros casos, tengo amigos que hace años no han visto su cosita. — Ambos sonrieron por el doble sentido utilizado.

— Aunque no lo crea, tenía mi pegue. Sin embargo, ese mismo, pegue me ocasionó algunos problemas sentimentales. ¡Celos masculinos!

— Hay un refrán que dice: sí así como lo mueve lo bate que rico es el chocolate. Y eso se aplica a usted. Espero, no parecerle muy atrevido con mis palabras.

— ¿Por qué? Estamos entre adultos y qué yo sepa no me ha ofendido.

— No con todas las mujeres, se puede hablar de ese modo.

— A mí no me molesta pero tiene razón, hay algunas que son muy mojigatas.

— Puedo preguntarle, algo.

— ¡Claro!

— ¿Por qué me trata de usted? Antes me trataba de tu. ¿Parezco muy vieja? Andamos cerca de las mismas edades. ¡No pasa de los veinticinco!

— Uno menos. Y quizás, es por respeto. ¡No lo sé! Nace tratarla de usted, pero si le molesta trataré de usar él tú.

— Prefiero porque en mi país el usted es para los adultos mayores o algún alto funcionario.

— ¡Está bien! Rosa María. Ahora, dime: ¿Qué era lo que me querías preguntar en la puerta del edificio? — Sonrió.

— ¡Ah, eso! — Sonrió y dejó pasar unos segundos tratando de encontrar las palabras adecuadas.

— ¿Parece que, es algo delicado?

— Delicado no es la palabra, más diría: sensible. Mira, Roque, te seré sincera. Me he dado cuenta de que detrás de todas, esas ayudas que he recibido del grupo, tú has estado involucrado. Hoy vengo de averiguar que también estas metido en lo del apartamento. El dueño ya te conocía.

— Tienes razón. Antes viví aquí. En el tercer piso.

— Te agradezco pero me hace sentir, incómoda. ¿No sé por qué no quieres darme la cara? Utilizas a terceros para ayudar. ¡Lo veo, raro! ¿Por qué lo haces? Sientes vergüenza, tienes lástima, te ofende mi presencia. He notado que me esquivas. ¿Es por mi pasado en la cárcel?

El tipo se quedó, callado, escuchándola sin decir nada. Cuando la mujer terminó de hablar dijo:

— ¡Perdona! No fue mi intención ofenderte. Yo soy de las personas que piensan que cuando tu mano derecha hace el bien, la izquierda no debe saberlo. No necesito vanagloriarme con lo poco que doy.

— Para ti quizás, es poco, pero para el necesitado, puede ser de vida o muerte. — Unas lágrimas salieron de los ojos negros de la mujer.

— Por favor no llores que eso afectara al bebé. No merezco esas lágrimas. Cómo te dije, mi intención no era, ofenderte ni mucho menos menospreciarte. Todo eso es más que todo para tratar de hacer las cosas de la mejor manera. Y para ser sincero, para no encariñarme contigo. Como dices, nuestras huellas a veces nos alcanzan. Una vez me encariñé con alguien y terminé triste. Mecanismos de defensa, creo.

— ¡Podrías encariñarte de mí! Sonrió la chica de buena gana. También yo podría encariñarme de ti, sabes. El riesgo es de ambos, pero en la amistad no se trata de eso, acaso. ¿No deseas ofrecerme tu amistad? Yo estoy muy agradecida con el grupo y contigo porque sé que has estado detrás de muchas cosas y pienso que hay muchas otras que desconozco. Al igual que tú, no deseo involucrar mi corazón. Con la primera vez basta y sobra. Dime: ¿Qué más podría pasar en el supuesto caso que nos gustemos? Acostarnos. Si pasa, tienes que estar seguro de que me cuidaré para no volver a quedar preñada. Una vez se tropieza el ciego. Además, para ser honesta: no eres mi tipo de hombre. Muy flaco. Los prefiero fuertes y carnosos. Sin ofender. Aunque te diré que tienes una personalidad agradable y es, bonito platicar contigo. —Mentía al decir que no le gustaba.

— ¡Vaya! ¿Eres así de directa, siempre?

— ¿Te molesta?

— No. Al contrario, me gusta porque contigo parece que, se puede hablar claro y pelado, sin pelos en la lengua.

— No hay nada mejor que tener las cartas claras sobre la mesa. Entonces, si me quieres ayudar, hazlo de frente.

— ¡Está bien, así lo haré! Con una condición, si necesitas algo también me lo pides de frente. Si puedo, con gusto lo hago.

En ese momento, la mujer sintió un movimiento en su estómago y se alegró mucho.

— ¡Vaya niña! Hasta que al fin se despertó. — Se colocó las manos en el estómago.

— ¿Se mueve?

— Claro. ¿Quieres sentir? Dame tu mano. — La mujer agarró la mano del joven y la colocó sobre su prenda.

— ¡No siento nada!

— Espera. — La mujer se desabotonó el vestido y metió la mano del muchacho para que la colocara sobre su piel.

— ¡Ahora sí! ¡Siento que se mueve! — El hombre se acercó al estómago y colocó la cara de costado para escuchar los sonidos.

Rosa María puso la mano sobre la cabeza del muchacho y se puso a acariciarla. El chico se puso a hablarle al bebé y parecía que la pequeña respondía a sus palabras. La mujer se emocionó y sintió mucha tristeza, sus ojos se llenaron de lágrimas. Al desbordar, una de ellas cayó en el rostro del chico y se asustó. Levantándose, preguntó:

— ¿Qué pasa? ¿Por qué lloras?

— Por nada. No me hagas caso, las mujeres en mi estado lloramos por tonterías.

— ¿De verdad? ¿Estás bien?

— Algo, cansada. ¡Creo que me recostaré un poco! No te preocupes, si quieres marcharte solo cierra la puerta, luego pongo llave cuando me pase.

La mujer trató de incorporarse con dificultad y el chico se apresuró a ayudarla.

— ¡No te preocupes por mí! No quiero molestarte.

— No me molesta para nada. De todas maneras, no tengo nada importante que hacer. Quizás, dormir.

— ¡Si quieres, puedes descansar en el sofá! Lo siento, no debes involucrarte más. Mejor, vete.

— No digas tonterías. Me abres tu casa y luego, me echas. ¡Quién entiende a las mujeres!

— ¡Somos complicadas, no! Cuando decimos sí, queremos decir no y viceversa.

— Ahora entiendo, cuando decías que no te gustaba querías decir que te gustaba. ¡Interesante!

— Ahí estaba diciendo la verdad. No le des vuelta a mis palabras para tu conveniencia. ¡Te estoy conociendo!

— ¿De verdad? ¿Estás segura? No serías ni la primera ni la última que cae en mis encantos.

— ¡Cómo Celeste! Se ve que se le van los ojos por ti. ¿No te has dado cuenta? Eres bien despistado.

— ¿De verdad? ¿Se le caen los calzones por mí? ¡No te creo! ¿Te ha dicho algo?

— No es necesario que me diga nada. Basta con ver cómo te mira y cómo se expresa de ti. Te tiene muy buena estima.

— Igual, yo. Sin embargo, eso no significa nada. La he sondeado y pareciera que no soy su tipo. Ella, busca una relación formal. Yo no puedo ofrecerle eso.

— Todas, las mujeres queremos una relación formal, pero eso no significa que mientras llegue esa pareja, no pueda haber una aventura pasajera. Yo nunca pensé en quedarme para vestir santos. Ella, menos. Es mujer: siente, sueña y tiene deseos.

— ¿Es virgen?

— ¿Y eso que tiene que ver? ¡No te imaginaba machista!

— Algunas mujeres desean llegar vírgenes al matrimonio cómo un regalo o algo así.

— Eso es lo que piensan los hombres, los padres y los machistas. Es una manera de evitar que las mujeres tengan las mismas oportunidades que los hombres. ¿Tú o tus amigos son: vírgenes? ¡Verdad que no! En la mente de la sociedad no se concibe que un hombre sea virgen a los dieciocho años; en cambio, una mujer quiere que obligatoriamente sea de ese modo. ¡Eso es machismo! Y no es justo. — Puso el rostro contrariado.

— ¡Tranquila! Entiendo. Retiro lo que dije. Y estoy de acuerdo contigo. Si me preguntas, te diré: No espero que mi compañera de vida sea, virgen. Por una simple, razón: No soy virgen. Entonces, no puedo exigir lo mismo.

— ¡Eso está, mejor! Volviendo con Celeste. Ella es todavía virgen y eso no es para que sea público. Sin embargo, según he logrado comprender entre líneas, no está en sus planes llegar virgen al matrimonio. El problema es que tiene algo de miedo y no quiere hacerlo con cualquiera. Tú sabes, la reputación de la mujer es muy frágil.

— ¡Eso, es verdad! Lastimosamente, tienes razón. Por eso, personalmente, tengo el código de honor de no hablar de mis relaciones. Es algo sagrado.

— ¡Así, tiene que ser! Aquel que habla de su pareja es un desgraciado. ¡No es un hombre!

— Así que, según, tú. Celeste no está en contra de relaciones antes del matrimonio.

— ¡Claro que no! Siempre y cuando, sea con pleno consentimiento, protegida y en completa discreción. Algo así, como un aprendizaje para no llegar con cero kilometrajes al matrimonio. Que, según, mis conocimientos y experiencias, ha sido el peor error de la generación de mis padres.

— ¡Interesante! Entonces, hay que ver cuál es el punto débil o sensible de Celeste. Mira que varios de mis amigos le han echado el ojo. Entre tú y yo, no está nada mal.

— ¡Lo sé! Es una mujer que posee bonitos sentimientos.

— Entonces, ¿te gusta?

— ¡Claro! Sin embargo, eso no significa que la veo como mi pareja.

— En otras palabras, si se diera la oportunidad no te disgustaría acostarte con ella.

— Para nada. Te seré sincero, no me ha pasado por la cabeza porque en las conversaciones que hemos tenido me ha dado a entender que no está en sus planes tener sexo, por simple experiencia.

— Es rara la mujer que te va a decir directamente que quiere tener sexo contigo. Sobre todo, si es el tipo de Celeste. Te va a insinuar pero nunca decir directamente, cógeme.

— ¡Entiendo! Y en tu caso, fue de ese modo. Digo, si puedo hablar de ese tema contigo.

— ¡Conmigo! Yo tengo otra mentalidad. Desde joven sabía: cómo, cuándo y con quién lo haría. Nunca pasó por mi mente que alguien diferente tomara ese tipo de decisiones. Ni mis padres, mucho menos un hombre.

— ¡Entiendo!

— Para ser más clara, te diré que entré al mundo sexual conociendo mi propio cuerpo. En cierto momento, la masturbación fue una experiencia omnipresente en mis noches. El resto se desarrolló según aparecieron las oportunidades.

— ¡Quizás, soy un poco chapado a la antigua! No imaginaba que las mujeres se masturbaban.

— ¡Quizás, más que los hombres! Ustedes terminan una vez y quedan tranquilos. Nosotras, las mujeres, podemos tener excitaciones múltiples y en lapsos cortos.

— ¡Interesante! Estoy aprendiendo algo nuevo.

— Yo soy de la idea; si tú no conoces tu cuerpo, no serás capaz de conocer y comprender el cuerpo de tu pareja.

— ¡Tiene, lógica!

— Por eso no estoy muy de acuerdo con la religión que obliga a uno y permite a otros. Según, mi experiencia, las parejas deberían de conocerse antes de entrar en el matrimonio; si en ese lapso, no congenian en la cama. Entonces, se termina la relación. Eso evitaría un sinfín de matrimonios malos y menos probabilidades que te engañen.

— ¿Para ti es importante el sexo en una relación?

— ¡Claro que sí! Aunque no es lo esencial. Si hablamos de sexo, cuando hablamos del acto, la penetración.

— ¡Claro!

— En mi juventud, eso era todo. Creía que un hombre se complacía de esa manera. Con la experiencia, me he dado cuenta de que no es así. Puedes hacer disfrutar a un hombre sin necesidad que te penetre.

— ¡Interesante!

— Pareces muy curioso. ¡Creía que manejabas mejor en esa área! ¿Qué tan bueno eres?

— Más o menos.

— Eso, significa que estás en pañales.

— Eso, solamente, lo sabrás en la práctica.

— Entonces, ahí te quedarás. De entrada te digo, conmigo es mejor que no sueñes.

— ¡Crees que eres un imposible! Mira que la vida da muchas vueltas y quién escupe para arriba en la cara le cae.

— Imposible no, pero, por mi parte, estoy casi segura de que no pasará.

— Si tú lo dices.

— Mejor ahí, déjemelo. Te considero, un buen amigo.

— Igual, yo. Te tengo mucho cariño. Aunque no sé si es amistad. Por una, simple, razón: la amistad es un ir y venir. Para ser sincero todavía no hemos entrado en esa dinámica. Quizás, estamos entrando.

— ¡Es verdad! Solamente, he recibido.

— No me malinterpretes.

— ¡Tranquilo! Créeme, entiendo. Espero, con el tiempo, considerarme tu amiga.

— Para ser sincero, tienes algo que me gusta. Quizás, el hecho de estar embarazada. Dicen que la mujer desarrolla un aura especial.

— ¡Claro! Con esta barriga me veo como ballena y nada sexy.

— No pongas palabras que no he dicho.

— ¡Estoy, bromeando!

En ese momento llegaron a la cama y la mujer se sentó al borde y luego, se dejó caer de espaldas.

— ¡Qué rico!

— ¡Deberías acostarte! Te ayudo a levantar las piernas.

Sin esperar respuesta, se arrodilló y agarrando ambas piernas, las levantó. Luego, llevándolas hasta el centro de la cama. Las depositó, suavemente. Para terminar, le colocó unas almohadas en el respaldo y otras debajo de las pantorrillas.

— ¡Así, estarás, más cómoda!

— ¡Gracias! Eres muy amable.

— No es nada. Piensa que hago esto para prepararme cuando llegue el día.

— Estás haciéndolo muy bien.

— Necesitas, algo más.

— No me caería mal un masaje en los pies. Siento que me picotean. Quizás, necesito levantarlos. — Sonrió, cómo diciendo estoy abusando de tu bondad.

— No soy muy bueno en eso, pero nadie puede negar mi disponibilidad. Me guías y lo hago.

— ¡Veo que quieres una maestra! — Hizo una sonrisa picara por el doble sentido.

— Todo mundo necesita aprender y enseñar. ¿Me enseñas? — ¡Esa es la buena actitud! Calienta tus manos frotándolas y luego, busca en la cocina una hoya y pon agua caliente. Después, ve al baño y busca unos aceites naturales.

El muchacho se puso a masajear las manos y luego, se marchó a buscar las cosas. Al regresar, puso el recipiente en el suelo y se dispuso a preparar todo según las indicaciones de la dama. Mientras el chico hacia lo suyo, la mujer sintió una ola de calor en su cuerpo.

— ¿No tienes calor? Siento que me quemo por dentro. Necesito algo de viento. — Se puso a soplar con una revista que tenía cerca, luego se estiraba el vestido retirando la tela de su piel. Sin pensarlo dos veces, dobló su brazo y de manera magistral, se desabrochó el sostén para luego sacarlo por uno de los brazos.

Mientras realizaba todo ese movimiento, el chico no dejaba de verla sin dejar de hacer su trabajo en los pies. Al final, la mujer se puso a levantar el vestido para que el aire entrara en su cuerpo. Ese gesto dejaba su prenda interior de color blanco.

Roque, aunque quiso disimular para no ser tan descarado, no pudo dejar de sonreír.

— ¿Imagino que no es la primera vez que miras los calzones de una mujer? Sé que no has de ver algo bonito. Me siento fatal, fea, horrible.

— Lo siento. Aunque no me río porque te vea fea. No me pareces nada fea, al contrario, el embarazo te hace ver hermosa.

— ¡Mentiroso!

— Me reí porque un pensamiento vino a mi mente. Me dije: seguro, antes se andaba cuidando para no mostrar nada y hoy, embarazada, no le importa.

— No es que no me importa pero tienes razón. Nosotras las mujeres perdemos el pudor con tantas manos que tocan. Desde que vas con un doctor la primera vez, todo mundo quiere tocarte.

— ¡Es verdad! Por esas cosas agradezco ser hombre.

— Ustedes tienen muchos privilegios.

— ¿Lo estoy haciendo bien?

— ¿Qué cosa?

— El masaje de los pies.

— Perfecto. Aunque me gustaría que lo hicieras en mi cuerpo, digo: las pantorrillas y quizás, la espalda.

— Ya te dije que soy todo servicio.

— Eso veo y parece que te gusta.

— Me encanta aprender cosas nuevas. Esto me servirá mucho.

— ¿Con otras chicas?

— Exacto.

— Si es por aprender, entonces no tengo problemas que me sigas masajeando las otras partes del cuerpo.

— ¿De verdad?

— Claro. Hasta el momento, lo estás haciendo perfecto.

— Entonces, me avisas si me paso de la raya. No quiero arruinar este momento.

— No te preocupes que lo haré. —Sonrió. ¡No te imaginaba así!

— Así, ¿Cómo?

— Juguetón, servicial y buen alumno.

— No cantes victoria porque aunque parezca un angelito, tengo un diablito que me traiciona seguido.

— Todos tenemos ese diablito y también me puede traicionar.

Desde ese momento, el joven se puso a dar un masaje siguiendo las indicaciones de la mujer. Se podría decir que fue un masaje completo. Al final el chico quedó fundido de cansancio. La chica, por su parte, se durmió buen tramo de la sesión de masaje.

Al despertar, ambos estaban lado al lado mirando el techo del apartamento. La mujer le miró con ternura y buscó la mano del joven para apretársela.

— ¡Gracias por todo lo que has hecho!

— No es nada. Lo he hecho con mucho placer.

— Todavía me pregunto ¿por qué lo haces? No soy bonita y no quiero pensar que lo haces por caridad.

— No tiene malo hacerlo por caridad. Todos en algún momento, necesitamos eso. Es verdad que nuestro orgullo se siente golpeado pero verás que más adelante te parecerá una tontería. En ese momento, tu querrás dar un poco de caridad a alguien más.

— Eso significa que has sido dañado muy feo.

— Podemos decir eso.

— No me digas que Celeste fue ese angelito.

— Ni te lo niego ni te lo afirmo.

— Es una buena chica. Ojalá encuentre alguien que la ame, se lo merece.

— Seguro que así será.

— Por el momento, creo que se conformaría con alguien que le ensene algo sobre el sexo. — le volvió a lanzar una indirecta.

— Dime una cosa... las mujeres embarazadas siempre tienen deseos y sus maridos se los cumplen. Como no tienes marido, yo te podría complacer con algún deseo... ¡Si tienes!

— Muchos. Y precisamente, en este momento, tengo unas ganas de comer alas picantes de pollo. Eso me podrías cumplir, el otro creo que no.

— ¿Qué es? ¡Quién sabe, a lo mejor puedo hacer realidad ese deseo!

— No lo creo, pero me conformaría con las alas.

— Creo que hay McDonald por aquí cerca. ¡Iré a ver! — Se levantó y se puso en camino.

— ¿De verdad, lo harás?

— ¡Claro que sí! También, yo tengo hambre.

— Entonces, si no es molestia tráeme un burrito y una malteada de fresa. Digo, para aprovechar el viaje.

— No hay problema.

— Ahora comprendes porque estoy así de elefante.

El chico salió sin perder tiempo y a la media hora, estaba de regreso.

Esa noche, Roque se quedó acompañándola y por la madrugada, se marchó con el primer autobús que pasó por esa avenida. El día siguiente tenía clases, muy temprano.

Desde ese día, todo cambió entre ambos. Una relación muy especial nació entre los dos. Sin embargo, sin decirlo, ambos trataban de no mostrarse cercanos delante de los demás.

II- CUMPLIENDO DESEOS

El último mes de embarazo fue muy difícil para la nueva madre. Los pies se le inflamaron y el peso aumentó bastante. La mujer de contextura fuerte y delgada había cambiado, completamente. Su rostro, sus pechos y su barriga redonda estaban, sobredimensionados. La presión había aumentado al igual que el colesterol. Casi no podía dormir por su estómago y el carácter estaba más fluctuante que mar revuelto. A pesar de todo eso, la chica se mantenía fuerte.

Los jóvenes del grupo «Huellas» se habían puesto de acuerdo para acompañarla en esos días. Celeste, por su parte, casi se había vuelto su sombra y por eso, entre ambas se había establecido una, linda, amistad.

Por su parte Roque, seguía ayudándola económicamente y de manera presencial cuando nadie podía acompañarla. Él sabía que la mujer estaba sola y no contaba con muchos recursos económicos. Los últimos meses estuvo muy pendiente de ella a pesar que trabajaba mucho sin descuidar los estudios.

Roque, para redondear su mes y tener un colchón, trabajaba los fines de semana, algunas noches y en el invierno. Los fines de semana, entregando publicidad. Por las noches, haciéndola de conserje en un edificio de alquileres y en el invierno, quitando nieve. Sin embargo, siempre se daba un tiempo para pasar visitándola y dejarle algunas alas picantes.

Un anoche, cuando regresaba de quitar la nieve, a eso de las once de la medianoche. El tipo creyó escuchar la voz de su amiga que lo llamaba, fue tan claro el llamado que no se pudo aguantar. Se preocupó y llamó, esperando, no despertarla. Para su sorpresa, la mujer estaba despierta, sola y mal espiritualmente, lloraba. Roque cambió de rumbo y se dirigió al apartamento.

Cuando llegó, la encontró sentada al pie del sofá llorando desconsoladamente. Según, le comentó, estaba sentada y tuvo deseos de comer algo, quiso incorporarse y se deslizó, quedando sentada con las piernas abiertas. Por mucho que intentó levantarse, no pudo. Esa incapacidad provocó desesperación y malestar por no tener a alguien a su lado.

Roque, con mucho cuidado, ayudó a levantarla. Se sentaron sobre el sofá y luego, buscó un vaso con agua. A su regreso, la mujer había cambiado de aspecto, pero estaba, algo triste. Se pusieron a hablar y, en cierto momento, la mujer, le dijo:

— ¿Te molestaría abrazarme? Necesito sentir un poco de cariño. — Dejó caer su cabeza sobre el hombro del joven.

— ¡Claro, mujer! ¡Ven! ¡Acomódate bien!

El chico la abrazó con mucha ternura y ahí se quedaron varios minutos en silencio. De repente, la chica, dijo sin mover la cabeza del hombro.

— ¡No sabes que inútil me sentí! Me da risa. Imagínate que antes, podía pasar toda la noche bailando y, al siguiente día, como nada. ¡Cómo cambia la vida de una mujer al estar preñada!

— Por suerte, esto pasará pronto. Te pondrás bella y podrás ir a bailar.

— Sí, cómo no. Y este pedazo de gente quién lo cuidará. Mi vida no será igual.

— Esas, son las implicaciones que, trae todo cambio. Por eso, hay que disfrutar el presente para no estar, en el futuro, lamentándose.

— Yo, no puedo quejarme. Creo que estaré bien. Es chistoso lo que me pasó: Me quise levantar y los pies se deslizaron en la alfombra, caía como un témpano de hielo, en cámara lenta. Luego, quedé abierta sin poder moverme. Por suerte, el teléfono siempre lo tengo cerca. De lo contrario me hubiera quedado, de esa manera, toda la noche.

— Me pareció escuchar que Celeste vendría este día para quedarse contigo.

— Así era, pero me llamó para preguntarme cómo me encontraba porque le había salido una cita amorosa. ¡Ella ha hecho, tanto por mí que no podía permitirme que perdiera esa oportunidad!

— ¿Cita amorosa o una, simple, salida con algún enamorado?

— Es lo mismo. Lo importante es que salga con alguien. La mujer necesita sentirse apreciada por el sexo opuesto. Ella, en especial, necesita tener más salidas y quizás, atreverse a ir un poco más lejos. A los veinte años, me había acostado con varios.

— Entonces, abra entierro. Si dices, eso por sexo. No, sé. Quizás. ¿Te interesa o es curiosidad?

— Curiosidad.

— ¡La curiosidad mató al gato! ¡Tú eres algo lento! Hace mucho, te dije que le gustabas. ¿Tienes a alguien que te saque de aguas?

— Sí.

— ¡Qué bueno! De lo contrario te hubiera dicho que intentaras con Celeste.

— ¡Crees que le interesaría algo pasajero! Pensé que no era de ese pensamiento.

— Ella sigue siendo una mujer sería, pero eso no le quita que es mujer, joven y con deseos. Ese tipo de mujeres no camina con un rótulo en el pecho gritando, quiero hacer el amor con alguien que me caiga bien. Claro que debe haber un acercamiento, un coqueteo y si se da, se da. En mi caso, no es así. Si un día conozco a alguien, nos atraemos y nuestros cuerpos reacción. Nos acostamos y no pasa nada.

— ¡Espero que le vaya bien en su experiencia!

— ¡Es importante esa primera vez! Muchos traumas nacen en ese momento, en esa primera ocasión. Por eso, insistía que fueras tú. Por lo que sé y he visto. Aunque no tienes mucha experiencia, sabes tratar a una mujer. Espero que sea, así en la cama.

— Sólo, con verme y tratarme, puedes decir eso.

— ¡Claro! En la cama es, necesario ser caballero sin quitar lo masculino. Siempre y cuando, sea, en armonía con la mujer. Normalmente, es uno quien le indica al hombre el ritmo del juego. Claro, si tienes experiencia. Por eso, es importante esa primera vez. Para que la mujer vaya desarrollando su confianza.

— Aunque, no me creas. Ella, ha dicho que, solamente, hará el amor con su pareja.

La chica sonrió y luego, agregó, sarcásticamente:

— ¿Ella estaba sola contigo o había más personas?

— ¿Por qué?

— Ni yo te diré algo que me pueda afectar en el futuro. Esas cosas no se dicen delante de todo el mundo aunque estés entre amigos. Imagínate que entre ellos, alguien le interese. Pregúntale, cuando estés, a solas con ella. Verás que tendrás una respuesta diferente, si desea otra cosa. Ustedes, los hombres, son muy lentos para agarrar, esas cosas.

— Me parece, una mujer, con otra mentalidad.

— ¡Estás equivocado en algunas cosas sobre ella! Es una mujer muy recta, seria y honrada. Sin embargo, en el fondo le gustaría experimentar las mieles del amor para saber qué se siente y no ir al matrimonio a ciegas. Digamos que es tímida en esas cosas y los hombres que, ha encontrado, no han sido listos para hacerla sentir segura, protegida y en libertad. Van directo al grano y con ella, no funciona así.

— ¡Entiendo!

— Como nunca lo ha hecho, está un poco temerosa. ¡Sabes que le agradas!

— ¡Me lo has dicho, antes! También, me gusta. No te voy a mentir. Tiene, lo suyo.

—. ¿Por qué no le has insinuado, nada? Sé que les gusta bailar mucho. Se mueven, bien.

— Es buena bailadora.

— ¿Y bailando, no se han topado?

— ¡Claro!

— ¿Y ella, ha puesto, reparos al apretarla?

— Pero, eso no quiere decir, nada.

— ¡Quiere decir, mucho! Significa que le agrada como dominas en el baile. Si no le gustara, no bailara contigo.

— El baile es una manera de seducción. Yo soy bailadora y sé cuando a un hombre. Si me gusta, dejó cierta libertad; de lo contrario, me pongo a la defensiva. Bailo una sola pieza.

— Viéndolo así, tienes razón.

— Todos tenemos deseos prohibidos. Como por ejemplo, yo siempre he deseado, estar en una ciudad, como París, encontrar a un tipo galante, tomar unos tragos y luego, hacer el amor hasta que amanezca. Luego, adiós, no te conozco. ¿Y tú?

— ¡Yo!

— Hacer el amor con dos o más mujeres. ¡No me digas que con otro hombre!

— ¡Estás, loca! Nunca con un hombre. ¡Dos mujeres! ¡No lo sé!

— ¿Algún sueño loco?

— Quizás, con una profesora. Siempre, me han atraído las profesoras con faldas cortas y coquetas. ¡Quizás, porque mi primer amor fue la maestra de primero!

— Maestra. ¿No te consideras bueno en el sexo? Mira que los sueños son una necesidad interior.

— A lo mejor. En tu caso, ¿cuál sería la respuesta? Un deseo de libertad, un amor sin compromiso.

— ¡Me considero un ser libre! Puede ser.

— Una maestra. Fíjate que quizás tengas razón. Siempre, he deseado, aprender más en ese campo.

— Entonces, si necesitas unas lecciones porque a las mujeres nos gustan los hombres que, nos hagan gozar muchas veces antes que ellos se terminen. Por cierto, sabías que en el grupo hay varios homosexuales.

— Sé de uno, pero ignoro si hay más.

— Hay varios.

— Sí. Allá ellos, mientras no me busquen estamos en paz.

— No te molesta porque a varios sí.

— Para mí son seres humanos como cualquiera. No juzgo ni los alabo. Cada, quien, escoge su propia cruz. Con la mía tengo y me basta. Aunque te diré que, en mi adolescencia, no los quería ver ni en pintura porque me buscaban mucho, me ofrecían dinero y regalos. En ese entonces, deseaba que una chica hiciera eso y no, otro hombre. Decían que los que somos delgados, somos generosos. Sin embargo, al venir a este país y estar en esta sociedad, he aprendido a verlos de otra manera, con más respeto. Mi mejor amigo es homosexual y nos llevamos súper bien. Todo, basado, en la amistad.

— ¿No sientes, calor? Me quemo.

— No mucho, ¿por qué?

— Las hormonas me están volviendo loca. ¡No sabes, cómo me gustaría meterme a la tina para darme un buen baño caliente!

— ¿Por qué no lo haces? Dime, cómo te ayudo y listo.

— ¿De verdad? Me gustaría pero me da un poco de vergüenza.

— ¡Vergüenza! ¿De qué hablas? Te he visto los senos al descubierto, esa bata transparente no deja nada escondido. El calzón es transparente y me lo muestras a cada momento. Cuando te di masajes te toqué casi todo. En otras palabras, se podría decir que conozco tu cuerpo.

— ¡Es verdad! Contigo me he desnudado en alma y cuerpo.

— Ni tanto, pero ahí vamos. Entonces, ¿te preparo la tina? Dime que hago y listo.

Roque se puso manos a la obra y a los minutos estaba, ayudándola, a meterse en la bañera. En esa ocasión, la ropa quedó colgando en el perchero del baño. Eso sí, el chico no se apartó del lugar y aprovechó para restregarla por todos lados. La mujer estaba complacida por los tratos recibidos, ni su marido la había tratado de esa manera. A la hora, salió del baño y el joven quiso terminar la tarea con nota sobresaliente. La secó y la enrolló en una bata de algodón; luego, como pudo, la tomó en sus brazos y la llevó hasta el dormitorio. La acostó con mucho cuidado y le dijo que tratara de descansar. Cuando se levantó de la cama, la mujer se le quedó mirando con mucha ternura y le dijo:

— ¡Sabes que eres un buen hombre!

— Eso, dicen, lástima que no te guste. Si no me comes vivo, verdad. — Bromeó.

— En serio. Eres lo máximo. ¡Gracias!

— ¡Gracias! Dijo la hormiguita al elefante, cuando la ayudó a pasar el río — Bromeó.

— Sí, pero esta hormiga parece, elefante. — Le siguió la corriente. ¿Trabajas mañana?

— ¡Sí! Parece que, caerá una buena tempestad. Trataré de dormir algo. ¡Me prestas el sofá!

— No. Ahí dormirás mal. ¡Si quieres quédate a mi lado! La cama es grande. Además, me hará bien, tu compañía.

— ¿No tienes miedo? — Le subió las cejas en signos de picardía.

— ¡Qué puede pasar! Apenas puedo abrir mis piernas. Todo el trabajo sería, tuyo. — Seguían bromeando fuerte.

— ¡Nunca le he hecho el amor a una mujer preñada!

— Interesante. Dicen que las primeras veces, duele; pero, las siguientes pasan de los más, rico. ¿Te atreves? ¡No, respondas! — Sonrió. Capaz dices que si y me pones en qué pensar.

— ¿Hubieras querido?

— Si fueras mi marido, hace rato. Dicen que hacer el amor estando embarazada ayuda mucho a la mujer.

— ¿De verdad? ¿Quieres que intentemos?

— Si me lo hubieras pedido antes, tal vez sí. Has perdido por lento. — Sonrió. No me creas.

— Tienes razón, al respetarte.

— Una mujer se respeta de muchas maneras. Te diré algo, en muchas noches he deseado, tener un marido para que me consuele. De muchas maneras. Y hasta pasó por mi mente, pedírtelo.

— ¿Por qué no me lo pediste?

— Te insinué, pero no la cachaste. Te acuerdas, cuando te dije que me hacía falta mi marido por una sola cosa. Cuando, me diste el masaje en la espalda y te dije: me gusta y creo que voy a cerrar los ojos para que hagas todo lo que quisieras conmigo. Esa y otras, más, pero pareció que entró por un oído y salió por otro. Me he tenido que consolar sola.

— ¡Qué complicadas son todas las mujeres! Pensé que tú eras más directa, pero veo que eres, igual de complicada. Dame un espacio y déjame acomodarme.

El hombre se acostó con todo y ropa al lado de la mujer. Cuando se terminó de acomodar, la mujer le preguntó:

— ¿Y no te quitarás la ropa? No estamos en las mismas condiciones. No es justo que, solamente, tú disfrutes del paisaje. — Lo dijo entre bromeando y seria.

— ¿Quieres que me quite todo? — Se le quedó algo incrédulo, pero decidió seguirle el juego.

— ¡Quiero es mucho! Exijo que se cumpla el contrato — Sonrió y se dio media vuelta para verlo desnudarse. ¡No me molestaría para nada! Mira que tengo meses de no ver a un hombre desnudo.

— ¡Nunca lo he hecho, pero si eso te hace sentir bien! Mira y disfruta.

El chico se puso de pie y comenzó a quitarse la ropa. Al ver que no movía las pestañas, se puso a bromear como si estuviera haciendo un baile de desnudos. La mujer comenzó a gozar de los movimientos del joven.

— ¡Sabes que no lo haces, mal! Podrías, buscar trabajo en un antro para mujeres. Ahí pagan bien.

— ¡No, gracias! ¡No, podría!

— ¡Sabes que no te ves mal! — Sonrió con un gesto de disconformidad. ¿Mi cuerpo no te excita, verdad? Me veo tan gorda.

— No digas tonterías ni pienses mal. Mira que estoy más nervioso y con mucho frío. Así no funciona ni con una miss universo en la cama. ¡Yo si me voy a cubrir porque tengo frío! — El chico se acostó y se enrolló en una sábana. ¡Lo que me haces hacer!

— ¡Gracias por estar aquí! ¡Gracias por aceptar mis locuras! ¡Gracias por levantarme la moral! Sabes, sin ti y Celeste no sé, qué hubiera pasado en mi vida.

— Dios siempre pone angelitos en aquellos que lo necesitan. Alguien más te hubiera tendido la mano. Los afortunados somos nosotros al conocerte y hacernos ver la vida desde otro punto de vista. En estos casos, sale más beneficiado aquel que ayuda que aquel que recibe la ayuda.

— ¡Ah, bueno! Si ese, es el caso: no dejes de ayudarnos. Digo, a estas dos mujeres, hablo de mi hija. Aunque pensándolo bien, no estaría mal echarle una mano a Celeste. Ambos se llevan bien y si ponen las cartas sobre la mesa, nadie saldrá herido. Ambos se ayudarían. ¿Quieres que hable con ella?

La mujer se había puesto a hablar y al esperar la respuesta, se dio cuenta de que el acompañante se había dormido. Por la mañana, a eso de las cuatro, Rosa María se levantó al baño y luego, se puso a preparar algo de comer para su invitado que tendría que salir dentro de una hora. Lo despertó para que se bañara y cuando, este salió; el desayuno estaba listo. Comió rápido y se marchó a trabajar. Apenas tuvieron tiempo de despedirse.

Esos días de trabajo eran muy pesados porque no paraban hasta dejar limpios todas las casas y sus patios que tenían en el contrato.

El fin de semana, llegó después de una semana con tormentas de nieve. En esos días, apenas se había comunicado con Rosa María porque terminaba muerto de cansancio. Ese sábado llegó cansado y durmió hasta bien tarde. Al despertarse, pensó en Rosa María e intentó comunicarse varias veces, pero el teléfono sonaba ocupado.

El chico se preocupó y llamó a Celeste. Al responder, se dio cuenta de que estaban celebrando el «baby shower». Según, la mujer, trataron de comunicarse pero nunca respondió. Le explicó la razón por la que no le contestaron. Rosa María, había estado hablando con su madre. Ella tenía problemas conjúgales. El esposo estaba engañándola y se había convertido en un alcohólico. Inclusive, pensaban que podría perder la hacienda porque la había embargado para darse sus lujos con las mujeres de la calle y la había descuidado.

Roque se unió al grupo una hora más tarde. Rosa María parecía contenta con tanta gente. Los chicos habían llevado música y licor. Sin embargo, hasta la fecha, todos seguían las instrucciones de no abusar del alcohol.

En determinado momento, Roque se puso a bailar con Celeste y aprovechó sondear el terreno.

— ¡Me contaron que tuviste una cita amorosa! ¿Qué? ¿Debo preocuparme por algún chico celoso?

— Fue una cita, nada más. Todavía no me convence.

— No te hagas tan difícil que te va a dejar el tren.

— Eso no me importa, tú lo sabes bien. Tengo trabajo, estudio y no necesito de nadie para que me mantenga. Los hombres, sobran.

— ¡Es verdad! Entonces, podemos bailar más pegado.

— Aunque tuviera a alguien, eso no tendría que tener problema. Lo que más odio es un hombre celoso. ¿No me digas que por eso, bailas como un robot?

— Te aprecio demasiado para ser causa de problemas de pareja.

— Cómo dicen por ahí, no me aprecies tanto. ¡Tonto! Mejor baila bien.

— Entonces, si no hay problema a la vista. Agárrate.

El chico comenzó a bailar como un profesional que la mujer tuvo que felicitarlo.

— ¡Vaya! ¡Qué diferencia! Esos movimientos me hacían falta sentirlos.

— ¡A mí también me gusta cómo te mueves! No quiero imaginar cómo lo haces en la cama.

— Para eso tendrías que estar en mi cama.

— Suertudo y bendito quien logre ese hito.

— Sí. Cambiando de tema, me contó Rosa María que la has visitado mucho en estos días.

— Estoy trabajando en esta zona y cuando puedo paso a verla.

— Tenemos que estar pendientes porque pronto será el día del parto.

— Tiene algo de especial, verdad. Mira cuanta gente a su alrededor queriéndola ayudar.

— No te vayas a encariñar, puedes salir trasquilado.

— No pasa nada. Entre los dos todo está claro como el agua. Tú sabes que no busco nada formal y ella no quiere saber nada de eso.

— Si pero sigue siendo mujer y tu, un hombre. Sin embargo, si las cartas están sobre la mesa. ¡Qué bueno! Por cierto, ya viste la foto de la mamá, parece su hermana.

— ¿De verdad?

— No me explico cómo un hombre puede buscar otra mujer teniendo una esposa tan hermosa.

— Imagino que son cosas de matrimonio.

— No lo creo, debe ser un machista. Así son todos.

— No me metas en ese mismo saco.

— Aunque no lo aceptes, también tienes mucho machismo.

Aquella frase dejó a Roque con muchas dudas. Por suerte, la música se terminó y los invitados comenzaron a despedirse para marcharse. Como el chico seguía cansado, decidió marcharse y al buscar a Rosa María, la mujer le pidió unos minutos para hablar en privado. Se lo llevó para el cuarto.

En el lugar, le propuso que no se comprometiera para el siguiente viernes. Celeste cumplía años y quería realizarle unos deseos. Entre los cuales, estaban: emborracharse hasta perder el sentido. Ella quería cumplirle ese deseo por lo que necesitaba comprar licor, flores y un pastel. Ella se encargaría de la comida y de la presencia.

El viernes, cuando llegó a eso de las ocho de la noche, llevaba: un pastel de chocolate con fresas, dos ramos de rosas que, dejó escondidas y dos botellas de licor. El muchacho se había puesto su traje de domingo, debajo de su abrigo para la nieve. Según, Rosa María, el tipo tendría que hacer un baile sensual a la chica como regalo de cumpleaños. A la cumpleañera le encantaban los bomberos.

Ese día, Celeste había llegado desde muy temprano para preparar la comida. Ambas mujeres estaban vestidas muy bonitas para la ocasión. Una, con una bata con tirantes que apenas detenían los enormes senos y la otra, con un vestido de discoteca pegado y bastante corto.

Al abrir la puerta, se saludaron con los respectivos, besos en ambas mejillas; luego, se lanzaron piropos para levantarse el ánimo. En ese momento, la comida estaba lista y en la mesa. Por esa razón, apenas se quitó los zapatos para ponerse las pantuflas y se sentaron alrededor de la mesa. Le pidieron al chico que hiciera la bendición de los alimentos y se pusieron a disfrutar del banquete: pupusas, ceviche peruano, tostones y enchiladas. Platos típicos, latinoamericanos.

Mientras, compartían la mesa, Rosa María comenzó a chulear al chico para poner algo de picante en la reunión.

— ¡Veo que te pusiste guapo! No me digas que era para coquetearme. Mira que Celeste se va a poner celosa. Ella está bien chula, ¿no te parece?

— ¿Por qué tengo que ponerme celosa? Dios da para todos. ¡Y yo sé, lo que tengo!

— ¡Mírala, ve!

— No quería desentonar. Conociéndolas, sabía que se pondrían hermosas. Y no me equivoque. ¡Están guapísimas!

— ¡Gracias! — Respondieron ambas.

— Por cierto, se me ha olvidado algo. Esperen un segundo, vuelvo enseguida. — El muchacho se levantó de la mesa y se dirigió a la puerta de salida, salió y con la misma volvió a entrar con las rosas en su mano.

— Las mujeres al verlo con las flores se pusieron contentas y aplaudieron el gesto. Aunque en un inicio pensaban que era un solo ramo porque las llevaba juntas.

Roque separó los ramos, colocó uno sobre una silla y dirigiéndose a Rosa María, le dijo:

— Aunque no es tu cumpleaños, quiero darte este obsequio para decirte que te aprecio mucho y doy gracias por tu amistad.

Rosa María, con los ojos llorosos, se levantó y lo abrazó muy efusiva. Besándolo por todo el rostro.

Luego, el chico agarró el otro, ramo y se dirigió a Celeste.

— ¡Quiero que recibas estas, rosas, en símbolo de cariño, amistad y bendición por ser tu cumpleaños! Te conozco desde hace mucho tiempo y te aprecio mucho. Para mí eres una de esas mujeres que tienen todo: hermosa por dentro y por fuera. No cambies porque así, eres hermosa.

La chica, igualmente se levantó y lo abrazó fuerte. Luego, le dijo:

— ¡Gracias! También te estimo mucho, más de lo que imaginas.

— Si ese, es el caso, creo que se merece un beso. — Bromeó Rosa María.

Celeste sonrió y le plasmó un beso fuerte y sonado en la mejilla.

— ¡Ese, es un beso de hermano! Dale un beso en la boca como la mujer que eres. Eso le va a gustar más al chico.

La pareja que seguía abrazada, se quedó congelada. El joven, al ver que la mujer se puso roja, cerró los ojos para darle confianza. La chica acercó sus labios y besó al hombre en plena boca.

— ¡Vaya!

— Ves que no pasó nada. En cambio, míralo, se ha quedado rojo.

— ¡Cómo no me voy a poner rojo si no me lo esperaba! Honestamente, no. Y para ser sincero, me agradó, mucho.

— ¡Qué bueno! Seguimos comiendo. ¡Tengo hambre!— Agregó Celeste queriendo llevar todo a lo normal.

Con una sonrisa pícara en su rostro, los tres se volvieron a sentar. Después de algunos minutos, Rosa María, dijo:

— ¡Gracias por estar aquí! Además, de celebrar el cumpleaños de Celeste, quería agradecerles. Ustedes han sido mis angelitos. Celeste es como mi hermana menor y tú, como mi amigo.

No digo, hermano porque nunca he tenido uno. El día que me consentiste visitándome a medianoche, me bañaste y me acompañaste en la cama, me demostraste que eres un gran hombre. —Sonrió y agregó, hasta, me hiciste un baile erótico para levantarme el ánimo.

— ¡Ah, sí! — Expresó, algo, sorprendida la invitada. ¡Lo que me perdí!

— Lo único malo fue que me dejo hablando sola. Aunque, eso me permitió disfrutar el momento que el circo se levantó. — Se puso a reír.

— ¡Deja de contar intimidades, mujer! — Se puso colorado.

— Si lo vieras desnudo, no se ve nada mal. ¡Mira como se pone! Parece un tomate. Te dije que es bastante tímido.

— ¡Esta mujer!

— Aquí estamos entre adultos, me parece.

— ¡Claro! Por mi no hay problema. — Agregó Celeste.

— Antes de comenzar, me gustaría poner unos en claro para que no haya mal entendido. ¡Okey!

Los amigos en son de broma confirmaron lo dicho.

— Para comenzar quiero dejar claro que este es la celebración del cumpleaños de Celeste que es el domingo. Quise celebrarlo aquí porque mi intención es hacerle realidad varios sueños o deseos: emborracharse y traerle un bombero para que le baile y se desvista. Quiero aclarar que los tres somos mayores de edad y que nada es a la fuerza. Eso sí, los únicos que pueden beber son ustedes, las razones son obvias. Nadie puede salir del cuarto para evitar problemas y desde que se eche llave a la puerta, no se puede salir hasta mañana. Además, en esta noche, quiero abrirles mi alma porque pienso que se lo merecen. Para ser honesta, no me considero una buena persona ni buena hija por eso no sé si seré buena madre. Tengo miedo a morir en el parto y si eso sucede, quiero que contacten a mi madre y si no pueden, se hagan responsables de mi hija.

— No digas esas cosas. Todo saldrá bien. — Celeste tocó la mesa con su puno en señal de buena suerte. Luego, se levantó para abrazarla.

— ¡Quiero aprovechar este momento para sincerarme! No me considero una buena hija porque siempre metí en problemas a mis padres. Cuando era adolescente descubrí a mi padre cogiéndose a una sirvienta. Se lo dije a mi madre y ésta solo se puso a llorar. Me enojé tanto que chantajeé a mi viejo para que me enviara a estudiar a la ciudad. Ahí conocí a mi marido que andaba en la venta de drogas. Con el aprendí a fumar y a probar todo tipo de hierba. Con él aprendí a hacer el amor de todas las formas imaginarias. En mis borracheras y locuras me metí con muchos. Y para ser sincera, ni los recuerdo. Me vine a este país porque mi marido mató a un tipo por drogas. Aquí seguimos en la misma línea y terminé en la cárcel porque encontraron drogas en mi departamento. Ni sabía que ahí estaban. Mi embarazo fue una sorpresa porque pensé que estaba protegida. Como ven, tengo mi historia.

— Todos tenemos nuestra historia. En mi caso, les diré que mis fracasos amorosos me han dejado muy herido. La primera novia me engañó con mi mejor amigo; la segunda con quien creí que me casaría me engaño con su jefe y la tercera, se cansó de esperar que le propusiera matrimonio y se casó a los tres meses con un amigo del colegio. Eso creo me ha vuelto algo amargado e incrédulo al amor. No me interesa comprometer mis sentimientos. Si alguien quiere hacer el amor, excelente pero que vaya a esperar otra cosa, está muy difícil.

— Por mi parte, les diré que cuando niña alguien trató de abusar y eso me traumó. Tengo miedo a los hombres y a las relaciones. Soy virgen, pero solo porque no he estado con un hombre. Sin embargo, me encanta masturbarme y tengo muchos juguetes para satisfacerme. Creo en el matrimonio pero también en las relaciones libres. He estado con otras mujeres y, en verdad, no es mi tipo. Aunque lo niegue, me gustan los hombres. Pienso que si hago el amor con alguien con experiencia podría superar mi trauma. La verdad, en la última cita, todo iba bien hasta que el tipo quiso meter la mano en mis piernas. Me recordó aquella terrible experiencia.

— Por lo que veo, todos tenemos nuestras huellas. Quiero proponer un brindis por nuestra vida.

— Por nuestras huellas y la amistad.

— Por haberlos conocido.

— Les voy a confesar algo. Yo soy amiga de los dos y sé que se gustan. Ambos, a su manera, me lo han confirmado. Ambos se necesitan y se niegan a ayudarse. Prefieren ayudar a una preñada pero no entre ustedes. O son hipócritas o tontos. Más creo lo segundo.

— Yo nunca he negado que Celeste me guste. Ella lo sabe, pero igual conoce mi manera de pensar. Quizás cometa el error de pensar que no soy el tipo que desea. Eso solo ella, lo sabrá.

— Por mi parte, no niego que me agrade Roque. Me encanta como baila, el ser reservado y siempre que le pedido ayuda, nunca se ha negado. Debo aceptar que al bailar es con quien me siento más cómoda y a quien le he permitido atravesar la línea.

— Yo los conozco y simplemente les digo que se ayuden. Aquí no estamos hablando amor. Si eso pasa, bienvenido sea. Si no, seguimos siendo amigos.

— Dejemos que el tiempo siga su camino. Mejor pasemos a la cena porque tengo hambre. ¡Salud!

— Bueno. Ahora que hemos puesto las cartas claras. La pelota está en el campo de ambos.

— ¡Gracias! Solo, el tiempo lo dirá.

— ¡Te fregaste! Cuando una mujer dice eso, casi nunca sucede. —Bromeo, Rosa María.

— Eso, parece. No hay problema. Lo importante es, tener las cosas claras. — Agregó, Roque.

— No he querido decir eso, no sean malos. Sabes bien que para mí es algo que busco, pero me agarraste desprevenida. Digamos que a estas alturas de mi vida no me molestaría. Quizás, unos meses atrás, si hubiera oído eso; hubiera salido corriendo. Hoy respiro, sonrió y digo: ¿Por qué no?

— Eso significa tener madurez y te aseguro de que es una cualidad que enamora a los hombres, ¿verdad?

— Claro. En lo personal, me gusta la mujer segura de sí misma.

— ¿Por qué crees que le fascino? Aunque, al principio pensé que era del otro lado. Tú sabes, como aquel que te gustaba y nos salió mojando la canoa.

— Si niña, qué chasco más grande. ¡Es tan guapo!

— Ya, ves. Duda, siempre, de aquellos que se detienen mucho en el espejo. Sin embargo, este desde que me conoció, no deja de mirar mis tetas.

— Ahora, comprendo ¿por qué no me mira tanto? Mis senos no son tan frondosos como los tuyos.

— ¡Mírala, ve! Se nos desató la vaca. Sin embargo, tu cuerpo es sexy y tus piernas bonitas.

— ¡Es verdad! Tus piernas son hermosas y tienes una cintura que cuando se agarra con las dos manos, dan, deseos de abrazarte.

— ¡Ves! Está comenzando a sacar, las unas. No te digo.

— Déjalo que a mí me encanta cuando bailo. Me siento segura en sus brazos.

— Ves. Te dije que le fascinaba bailar contigo. No me creía porque creía que al apretarte, no te gustaba.

— ¿De verdad? Debe ser que, cómo en el sexo, me falta experiencia. Además, delante de todo el mundo no deja de ser un poco incómodo hacer algunos movimientos comprometidos.

— ¡Eso, es verdad! Es casi, cómo hacer el amor delante de muchas personas. Sería incómodo.

— ¡Tengo ganas de tomar algo! Me parece que Roque trajo algo.

— ¡Creo que es hora de abrir el Whisky!

— Tú no puedes tomar.

— Es verdad, pero es para ustedes. Sobre todo para ti. Me dijiste que uno de tus deseos es embriagarte. El consejo para las mujeres es que lo hagan con alguien conocido porque no se conoce la reacción. Además, la compañía con quien lo haces es esencial. Aquí estamos, solo adultos y si estás de acuerdo; esta noche, puedes embriagarte con completa libertad. Yo seré el árbitro.

— ¡Es tentador! Me gusta la idea, pero tengo algo de miedo.

— El miedo se debe combatir, enfrentándolo. Pero antes, hay algo que me molesta un poco. Nosotras, andamos con vestidos cortos y escotados. En cambio, el caballero, hasta de corbata vino. ¿Estás, de acuerdo?

— ¡Es verdad! O todos en la cama o todos en el suelo. ¿Qué propones?

— Creo que la camisa es larga. ¡Qué se quite, los pantalones! De ese modo, todos mostraremos las piernas.

— Apoyo la idea.

— No se pasen. Mis piernas son flacas y peludas.

— Todos tenemos defectos. Y para ponerle picante al asunto. Yo lo haría, pero dejaré a Celeste que lo haga para que comience a practicar cuando llegue el turno.

— Por mi parte encantada. — Sonrió y se acercó.

— Pero antes, déjenme echarme un trago.

— Sirve dos, porque yo quiero uno. Digo, para tomar valor. —Bromeo, Celeste.

Los tres brindaron y se tomaron un trago de licor. Enseguida, entre risas y bromas, Celeste le quitó el pantalón, la corbata y desabotonó la camisa para que mostrara parte del pecho.

Luego, ente broma y broma, la primera botella se vació. Con los ánimos alterados, Rosa María hizo un comentario de desagrado. Se comenzó a quejarse de sus pechos porque estaban, grandes y sus pezones le picoteaban.

— ¡Siento que van a explotar! Y me punzan. ¡Creo que el instinto materno se está desarrollando!

— Vas a necesitar que te los mamen. De lo contrario, tendrás que utilizar una máquina. ¡Eso, duele mucho!

— Lastimosamente, esa tarea le corresponde al marido.

— ¡Cómo no hay marido! Yo, me ofrezco voluntario.

— ¡De verdad! Mira que lo voy a necesitar. — La mujer se sacó un seno y se puso a masajear el pezón. — No está nada desarrollado.

— Si quieres, puedo comenzar a intentarlo. — Se acercó en forma de broma.

— ¡Pareciera que los tragos te han dado valor!

— ¡Están, bellos!

— Si quieres, muéstrame que puedes hacer.

Al oír la invitación, el chico se acercó y comenzó a succionar. Por unos segundos, ambas mujeres se pusieron a reír. Luego, apartándolo, le dijo:

— ¡Ya! Creo que es suficiente. Me estás excitando y será por otro lado que saldrá leche. Para tu favor, no lo hiciste nada mal. ¡Creo que te contrataré!

— A mí, no me miren que hasta; ahí, no llego.

— ¿Por qué no bailan? ¿Me gusta, cómo se mueven sobre la pista de baile?

— Buena idea. De ese modo, bajamos la comida. Estoy sintiendo ganas de dormir. ¡Creo que no soy buena para los tragos!

— Entonces, bailemos para quitar el sueño.

— No le des mucha vuelta porque se puede marear.

— Una salsa suave me gustaría.

— Usted, manda y yo, obedezco.

La pareja comenzó a moverse de manera sensual y muy armoniosa. Mientras tanto, Rosa María disfrutaba viendo a los amigos. La música continuó y los bailarines cada vez, se dejaban llevar por el ambiente.

En cierto momento, Rosa María dijo:

— Creo que es el momento del segundo regalo, caballero a prepararse.

Le indicó a Roque que se metiera a la habitación para cambiarse de ropa. Mientras tanto, las mujeres quitaron la mesa y la pusieron en un lado. Colocaron una silla en el centro y apagaron las luces, Rosa María se encargó de poner la música. Celeste se sentó y se colocó una venda en los ojos. Luego, para dar entrada al bailarín, la chica embarazada dijo: querías que un bombero te bailara sexy, aquí lo tienes. Es lo único que encontré.

A los minutos, de una nube de humo salió Roque vestido de bombero. Celeste se quitó la venda y comenzó a disfrutar del baile, hasta que el tipo quedó en calzoncillos. Para coronar el momento, la cumpleañera colocó un billete en el calzoncillo teniendo el cuidado de tocar el miembro del bailarín.

Al final, Rosa María se puso a coquetear bailándole sexualmente al bombero y los tres terminaron bailando salsa. Luego, al terminar la música, la mujer embarazada, dijo:

¡Creo que es hora de ir al baño! No se preocupen por mí. Me conocen, me cuesta un mundo hacer del uno. ¡Están, en su casa! Este baile me aflojó todo.

Roque aprovechó para cambiarse de ropa y Celeste se quedó en la sala esperando disfrutando en su mente de la escena. La mujer siguió consumiendo licor y luego, se puso a bailar sola en medio de la pista.

Al salir del cuarto, el chico la vio bailando y se acercó para tomarla entre sus brazos. Los cuerpos se adaptaron sin mayor problema.

— ¡Así que te gusta cómo te agarro al bailar!

— Me encanta como me presionas todas las partes.

— ¿Así?

— Sí. Ahora que no hay nadie más puedes apretarme como quieras. — La mujer comenzó a seducirlo.

— ¿Me estás seduciendo? ¿Quieres jugar?

— Solo si tú lo deseas. Yo estoy bailando.

— Entonces, sigamos bailando y veremos qué sucede.

— Este es mi cumpleaños y quiero sentirme dichosa. Por el momento, todo está perfecto.

— Por favor, me detienes si no te gusta el trato.

— No te preocupes, sigue bailando que me tienes complacida.

— ¡Qué bueno porque quiero pasar a otro nivel!

— Si es tan bueno como el primero, creo que me encantará.

En ese momento, el chico la agarró de la cintura con cierta solidez y poco a poco, mientras bailaba se pegó a la mujer. No pasó mucho para que la excitación, en ambos, se manifestara. Las caricias y roces, provocaron los primeros, besos delicados. Llegó un momento que los cuerpos se adecuaron y se pegaron a una pared. Ahí, le dijo, el chico.

— ¡Es el momento de pasar a otro nivel! — La mujer estaba con una pierna levantada y con un seno desnudo de espalda a la pared.

Un primer beso se hizo eterno. Las caricias se multiplicaron y a los segundos, la mujer comenzó a temblar de deseos.

— Estoy en el límite de la excitación. Llévame a la cama. ¡Estoy lista! — Le dijo al oído y se puso a besarlo como loca.

El pedido no cayó en saco roto y en brazos, la llevó hasta la cama. Hicieron el amor con mucha pasión y al terminar el primer capítulo. La mujer cerró los ojos con mucha satisfacción quedándose dormida mostrando felicidad en su rostro.

Por la mañana, cuando Celeste se despertó, se encontró sola en la cama y algo, mareada. Eran casi las doce del día. La sonrisa de su amiga la puso colorada y comenzaron a bromear sobre lo sucedido la noche anterior. Rosa María aprovechó para volver a poner las cosas en claro para que no hubiera malos entendidos entre los tres. Celeste agarró la experiencia con mucha sabiduría y mucha satisfacción. Aunque en el fondo, le hubiera gustado disfrutarla de otra manera porque sus recuerdos, aunque hermosos, era un poco fluctuantes entre la realidad y la fantasía.

Por su amiga supo que Roque se había ido muy temprano porque tenía trabajo que hacer. La nieve continuaba cayendo. Como a las cuatro, apareció una antigua amiga de Rosa María. Con dicha mujer, Celeste, no congeniaba muy bien por lo que prefirió marcharse para que ambas amigas tuvieran su espacio. La señora no parecía muy buena influencia y aparentaba lo que no tenía.

Celeste abordó el bus en dirección de la estación del tren, al llegar al lugar y dirigirse a la entrada, se encontró con la sorpresa de Roque. Al verse, ambos, se sorprendieron y no sabían, cómo reaccionar para saludarse. Sin embargo, el chico tomó la iniciativa y se acercó para darle un beso en ambas mejillas, como se saluda en esta ciudad. Al hacer el gesto, los labios pasaron rozándose y ambos tuvieron el deseo de parar.

— ¡Lo siento por mi torpeza! La verdad no sabía, cómo saludarte.

— No hay problema, de cualquier manera, hubiera sido aceptable.

— ¡Entonces, perdí... por lento!

— Algo así. Sin embargo, creo que es mejor de ese modo. Por el que, dirán. ¡Tú sabes! No me importa es mejor evitar.

— ¡Entiendo! ¡Gracias por lo de anoche!

— Soy yo la que, tengo que agradecer. Fuiste muy caballero. ¡Gracias! Ha sido mi mejor cumpleaños.

— ¿Vas para tu casa? Yo iba para donde Rosa María. Pensaba encontrarte ahí.

— Sí, pero, llegó la amiga creída. Y con ella, no me llevo muy bien. Prefiero evitarla. No la trago.

— ¡Tampoco, es mi santo, preferido! Eso significa que no está sola. Entonces, no voy. ¿Quieres tomar un café para seguir platicando?

— No. Creo que no es conveniente.

— ¿Por qué? No es la primera vez que tomamos un café.

— No pero, creo que es de sabios ser, paciente.

— Entiendo, no fue agradable la experiencia. Lo siento, debo aceptar que no soy, un maestro en la materia.

— No, malentiendas. Todo estuvo perfecto, pero es muy bonito que no deseo que desaparezca esa, sensación.

— ¿De verdad? ¡Qué bueno! Al menos, me permites que te acompañe en el metro.

— Bueno.

Ambos se metieron al subterráneo y luego, abordaron el tren de color azul que se dirigía al sur de la isla. Mientras se conducían lado al lado, por un instante, un silencio se instaló entre ambos. De repente, la chica preguntó:

— ¿Te molestó, hacerlo con una virgen? Digo, preguntó, porque quizás no actué de la mejor manera. ¿No estuve, muy rígida, tensa ni púdica?

— No, para nada. Estuviste bien, en lo que se puede esperar. En otras palabras, muy bien.

— No soy muy buena en eso.

— Eso se obtiene con la práctica. No te preocupes.

— No soy tan buena ni besando, verdad.

— Práctica. ¿A mí me gustaría saber si te dañé?

— Me dolió un poco cuando fue al servicio pero no tanto para hacer un drama.

— ¿Lo volverías a hacer?

— ¿Contigo?

— ¿Con quién más? Claro que conmigo. Sabes, me quedé con ganas de seguir amándote. Te dormiste muy rápido. Traté de despertarte acariciándote los senos pero nada.

— Lo siento. Sonrió, delicadamente.

— El que se ríe solo de sus picardías se acuerda.

— Es verdad. Sabes, uno de mis deseos o sueños prohibidos es ir con alguien a un motel. ¿Has ido alguno con una chica?

— No pero me gustaría hacerlo. ¿Te atreves?

— ¿Ahora?

— ¿Claro? Hay que aprovechar que el rescoldo está calientes. El fuego se encendería rápido. Además, si piensas demasiado corres el riesgo de desinflarte.

— ¡Bueno! Pero bajo las mismas condiciones, verdad. ¡Estamos ayudándonos!

— Tengo nervios y una mezcla de alegría interior.

La pareja llegó al motel más cercano y se pusieron de inmediato a practicar el deporte más antiguo y famoso de la humanidad.

III- EL NACIMIENTO DE UNA MUÑECA

El nacimiento de **Rocío** fue todo un evento. Ese día, Roque no pudo acompañarla porque se encontraba en un examen. Sin embargo, Celeste y algunos jóvenes del grupo, se encargaron de estar presente. En el hospital no fue mucho el trabajo de parto porque a las cuatro horas, la niña estaba naciendo en muy buen estado de salud. La tardanza fue, debido a que Rosa María había pedido que la esterilizaran. No deseaba tener más hijos.

Al siguiente día, las dos mujeres habían vuelto al apartamento. Aunque las visitas habían sido restringidas, el apartamento siempre estaba ocupado. Por esa razón, Roque se mantenía a distancia para no ser demasiados. Sin embargo, seguía muy de cerca todo lo que pasaba alrededor de las dos mujeres. Celeste le mantenía informado de cualquier necesidad. Por ella supo que la pequeña no quiso, el seno y hubo necesidad de sacar la leche materna a la madre.

A la semana, las visitas se fueron, distanciando y Celeste se vio en la necesidad de pedir la presencia del chico porque no podía dejar su trabajo. Por esa razón, casi se vio obligado, a vivir con las dos mujeres.

Ahí, se pudo dar cuenta de que Rosa María no había quedado muy bien de salud. Una fiebre muy fuerte la tumbó a la cama y como no tenía un estatus migratorio, no tenía acceso a un médico gratis. Buscando entre los amigos, pudieron conseguir un médico que pudo darle la consulta, pagándole en dólares americanos. La mujer tenía una infección interior y con algunos antibióticos, pudo recuperarse poco a poco. Durante esos días, la pequeña tuvo que alimentarse con leche en polvo y comida para bebés.

Se podría decir que al mes de nacimiento, Rosa María comenzó a recuperarse y su pequeña a ponerse cada más bella y coqueta. Sin embargo, una depresión comenzó a meter a la madre en un estado negativo. El llanto y los cuidados de la pequeña comenzaron a fastidiarle. Esos síntomas no pasaron desapercibido de Roque y los compartió con Celeste. Ambos se pusieron de acuerdo para no dejarla sola para evitar alguna tragedia.

En ese tiempo, apareció un enamorado a Celeste y por esa razón, pusieron fin a la relación secreta que mantenían. Roque tomó el asunto de buena manera porque se había preparado psicológicamente; sin embargo, en el fondo hubiera deseado que algo bueno hubiera podido brotar entre los dos.

Una noche que regresaba del trabajo, se encontró con la sorpresa que Rosa María se encontraba en un estado crítico. La mujer lloraba en la esquina de la sala, con la pequeña entre sus brazos. No dejaba de llorar al igual que la madre. Lo primero que hizo fue, quitarle a la pequeña y luego, trató de consolarla, dando ánimos. Como a la media hora, la mujer se recobró y se puso a pedirle perdón a ambos.

Roque le sugirió que se diera un buen baño y él se encargaría de darle de comer a Rocío. Dicho y hecho, la mujer aceptó la sugestión y se metió a la bañera por un buen rato. El joven durmió a la niña y luego, un poco afligido tocó la puerta del baño para asegurarse de que todo estaba bien. La mujer le respondió y a la media hora salió del lugar. En ese momento, el muchacho la esperaba en la cama, al costado de la recién nacida.

Al verlo acostado, le sonrió y mostrando un rostro de vergüenza, le dijo:

— ¡Lo siento, mucho! — Se sentó al borde de la cama y se puso a acariciarle las piernas. ¡Perdón!

— ¡De que hablas, mujer! No hay nada que, perdonar.

— De repente me vinieron ganas de llorar y no me pude contener. La niña no dejaba de llorar.

— ¡Tranquila! Es normal que te pase eso. Según, me han comentado, son los efectos del post parto. Los tres primeros meses.

— Lo sé y aunque, trato de contenerme, no he podido. ¡Te lo juro!

— Como te dijo, ya pasara. Tenemos que tener mucha paciencia. Verás que las aguas pronto volverán al cauce.

— Sí.

— ¡Claro! Mírate. Estás, ¡guapa! Por no decir: ¡Hermosa!

— ¿De verdad, te parezco bonita? — La mujer se agarró el nudo de la toalla, se miró los senos y volvió a hacer el nudo. — ¡No me siento bonita, sabes!

— ¡Claro que eres hermosa! — El chico se sentó y la abrazó.

La mujer aceptó y se apoyó en el chico. Ahí permanecieron por unos largos minutos. Luego, la mujer dijo, cómo reaccionando a una idea que le cruzó en la mente.

— ¡Pobre de ti! No has cenado. Esta mujer, sólo, te trae problemas, verdad.

— No te preocupes, ya me prepararé algo.

— ¡Déjame que me ponga algo cómodo y te preparo algo!

La chica se levantó y se dirigió a una cómoda, sacó un calzón y una bata de algodón. Sin pensarlo dos veces, dejó caer la toalla al suelo y se colocó la bata. Cuando se inclinó para ponerse el blúmer, se dio cuenta de que detrás de ella, tenía al muchacho sin parpadear.

— ¡Perdón! Es costumbre.

— ¿Por qué pides perdón? Yo disfruté lo que vi.

— No sé. Me dio un poco de vergüenza, aunque sé que me has visto desnuda antes. — Encogió los hombros y lanzándole un beso, agregó: Mejor te preparo algo. Salió del cuarto mostrando cierta coquetería.

A los minutos estaban cenando. Ahí se pusieron a hablar de generalidades hasta que tocaron el tema de Celeste. La mujer sabía de la nueva relación y quería saber los sentimientos del amigo. El chico aceptó que, cómo hombre, no había dejado de molestarle, pero que aceptaba la relación porque era un trato que, habían adquirido. En son de broma, la chica le dijo que lo invitaba al club de enfermos sentimentales.

A eso de las diez de la noche decidieron que era momento de irse a la cama. Como de costumbre, el joven ocupaba el sofá y la madre, la cama. Se lavaron los dientes y se dispusieron a acostarse. Apagaron las luces y a los minutos, Roque se levantó y entrando suave al cuarto, le preguntó:

— ¿Estás dormida, todavía?

— Sí, ¿por qué?

— Se me olvidó el beso de buenas noches a mi princesa.

— Pasa.

El muchacho se acercó a la cuna y besó delicadamente al angelito que dormía. Cuando se disponía a retirarse, Rosa María, le dijo:

— ¡No es justo! No puedes hacer eso, delante de mí. Sabes que estoy mal como mujer y me tratas así. ¡Mal hombre!

— ¡Perdón! — Se sentó en la cama y acercándose a la mujer, se inclinó para besarla en la frente, pero la mano de la chica, lo detuvo.

— No te atrevas a dármelo en la frente que me matas.

Roque se quedó pensativo y reaccionando, se dirigió a los labios. La mujer recibió ese beso con muchas ganas. Luego, le dijo:

— No pensé que tuviera tantas ganas. ¡Gracias!

— ¿Quieres que me quede un rato contigo?

— Mejor, toda la noche.

— Bueno. ¡Cómo, tú quieras! ¿Sabes que corres riesgo? — Sonrió, pícaramente.

— Lo sé, pero el riesgo siempre ha estado presente. ¿Y tú?

— Yo, encantado.

— Más, te vale. ¿No tienes miedo al peligro?

— Miedo, no. Quizás, dudas.

— ¿De ti o de mi?

— De ambos. Hemos estado jugando en una línea muy delgada. Para ser honesto, todavía no sé qué tipo de relación tenemos.

— Te entiendo. Estoy, igual. Sin embargo, lo que sí sé, es que me encanta que estés a mi lado. Me siento bien y no te puedo negar que no me eres indiferente como hombre. Algunas veces, inclusive, he jugueteado en mis sueños contigo. Imagino que te ha pasado lo mismo. No soy tonta y, en algunas ocasiones, te he sorprendido mirándome como hombre.

— No lo puedo negar. Eres una mujer muy hermosa y tienes lo tuyo.

— También, estoy consciente que tenemos ideas y manera de pensar diferente. Tengo un pasado que me persigue, sino mira esa belleza que duerme a nuestro lado.

— Todos tenemos un pasado. Nuestras huellas están ahí, buenas o malas. Es parte de lo que somos.

— También, siendo honesta. Mi tipo de hombre es diferente… me gustan más musculosos, viriles y porque no decirlo, bien posicionados económicamente.

— ¡Entiendo y siempre, lo he sabido! Por eso, no he querido involucrar mi corazón contigo.

— ¡Qué bueno! No me gustaría que te enamoraras. No podría corresponderte y me dolería hacerte daño. ¡Te aprecio y te debo mucho!

— No me debes nada. Ha sido un placer. Conocerte, me ha dado la oportunidad de estar con una mujer que tiene un pensamiento diferente. Siempre, me gustó que fueras directa y poder abordar temas sin ningún complejo. Nuestra sociedad está llena de prejuicios sociales.

— Para ser sincera, al inicio pensé que era un tipo anticuado y machista. Luego, me di cuenta de que eras reservado y bien plantado sobre tus pies. La curiosidad me llevó querer saber ¿por qué te negabas a relacionarte conmigo? Me ayudabas a escondidas, pero no querías saber nada de mí.

— ¡Mis huellas!

— Eso, supuse. Alguna mujer había hecho estragos y te protegías. Sin embargo, pensé: ¡Estoy fea, gorda y preñada! Ahí pensé que quizás tenías algún hijo tirado por ahí.

— Las relaciones siempre dejan huellas que para muchos son difíciles de superar.

— ¡Dímelo! Aunque odio al papá de mi pequeña, no sé cómo reaccionaría al tenerlo enfrente. ¡Hacíamos tan rico el amor! — Se quedó mirando al techo del cuarto como anhelando la presencia de aquel tipo.

— ¡Veo que dejó huellas muy profundas en tu ser! — El chico se había sentado en el borde de la cama y al verla suspirar por alguien, se sintió mal. Por eso, respiró profundo y apartó la mirada, dándole la espalda. Un sentimiento de malestar le gritaba que saliera corriendo de aquel lugar.

En ese momento, la mujer se dio cuenta de la incomodidad del joven y la hizo ponerse mal. Se secó, las lágrimas de los ojos y acariciándole la espalda, le dijo:

— ¡Gracias por estar siempre a mi lado! ¡No sé que hubiera hecho sin ti! ¡Eres mi angelito de la guarda!

— ¡Angelito! ¡Diablito, diría! — Continúo en la misma posición, acariciándole las piernas tratando de agarrar valor y marcharse.

— ¡No importa lo que seas! Lo importante para mí, es que estás aquí. Ese riesgo lo acepté desde el inicio. — Metió la mano bajo la camisa y se puso a acariciarle la espalda. Luego, se sentó y lo abrazó fuerte, metiendo las manos para acariciarle el pecho.

— ¡Eres mala! Sabes, cómo me pones al tocarme de ese modo.

— ¡Cómo! ¡No me digas que te hago sentir cositas! Eso me gusta escuchar porque como mujer, me elevas la estima. Hace ratos que no practico.

— Si me quieres poner firme, solo tienes que poner tus senos sobre mi espalda.

— ¿De verdad? ¿Quieres que lo haga?

— ¿Quieres verme encendido?

— ¡Veamos!

La mujer se levantó la blusa y se puso a juguetear con el chico. Al los minutos lo tenía encendido y al comprobar la reacción, se calmó porque había atravesado la línea y no sabía si quería regresar.

El joven se dio cuenta de la duda y dijo:

— ¡Creo que es mejor que me vaya!

— ¡No te atrevas a dejarme sola! No importa lo que pase, pero quédate.

Roque se quitó la camiseta y quedándose en calzoncillos, se metió a la cama. Al verlo, Rosa María le dijo que para estar en las mismas condiciones, se quitaría la camiseta. Se sentó y al levantarse la prenda, le mostró los senos. En ese momento, el muchacho se los acarició diciéndole:

— Están hermosos.

— Si no vas a terminar, no comiences. — Sonrió y acostándose de nuevo, agregó: Sin embargo, tienes razón. Creo que están, más bonitos. Lástima que esta mujer no quiso utilizarlos.

— ¡A mí me gustaría utilizarlos!

— ¿De verdad? ¿Te gustaría?

— ¿En las mismas condiciones?

— Sí. ¡Creo que es lo que tenemos y mejor nos va!

— Creo, lo mismo. No le demos vuelta al asunto.

— Sí, es mejor no pensar.

— Entonces, comienza abrazándome porque me ha entrado frío.

En ese momento, se despertó la niña y se puso a llorar. La madre se precipitó y la tomó en sus brazos. La pequeña rápidamente se puso a buscar el pezón y comenzó a lactarse. La chica se acomodó en la cama mientras el chico le colocaba una almohada para que quedara un poco inclinada.

— ¡Lo siento! Ella tiene la prioridad. ¡Ven acuéstate a nuestro lado!

— ¡No te preocupes que conozco mi lugar!

El muchacho se puso a acariciar la cabeza del bebe y luego, de unos segundos, se puso a acariciar el estómago de la mujer.

— ¡Gracias! ¡Nunca dudes que te quiero! — Le acaricio la barbilla y se puso a jugar con los labios del joven.

— ¡Lo, sé! ¡Por eso estoy aquí! — Se puso a acariciarle el otro seno.

— ¿Sabes qué deseo que hagas? — Le miró con ojos seductores y pícaros.

— ¡Sólo tienes que decirme y tus órdenes se harán realidad!

— ¡Quiero que me acaricies! — Le agarró la mano y la colocó en el lugar que deseaba.

El muchacho muy obediente se puso a realizar el deseo hasta que la hizo llorar de alegría. A los minutos, la pequeña se durmió y fue colocada en donde dormía. Luego, volviendo al lado de su compañero de cama, le dijo:

— ¡Creo que es hora de que durmamos! ¡Mañana hay mucho que hacer!

— ¿En verdad, eso quieres hacer?

— Los hombres, a veces son tontos o se hacen. — Le agarró la mano y la colocó sobre los senos.

— ¡Contigo, las palabras me confunden!

— ¿Y los gestos? — Sonrió.

— Esos, son claros.

— ¡Entonces, escucha menos y actúa más! Esta noche quiero soñar contigo haciendo el amor.

La mujer le subió una pierna y se puso a seducirlo. Esa noche, hicieron el amor como recién casados. Rosa María parecía insaciable y no paró hasta muy tempranas horas. La alarma humana sonó porque tenía hambre. En esta ocasión, fue el joven que se levantó para llevarla con la madre. Cuando la pequeña se volvió a dormir, los adultos, se miraron y, sin decir nada, su mirada dijo todo. Sonrieron y acercándose, se metieron a la cama para continuar amándose. La semana pasó rápido y los rincones del apartamento quedaron bautizados con la semilla del amor de la pareja. Rosa María, en ese mes, floreció como flor en primavera. Se puso hermosa y radiante. Sin embargo, algo en sus ojos disimulaba un malestar. Sin proponérselo fue poniendo excusas para poner distancia entre ella y su amigo.

El chico siguió con sus estudios y el tiempo de exámenes le obligó a no descuidarlos. Él sabía que obtener una profesión era la única manera de salir de la pobreza y poder, algún día, ofrecer un mejor porvenir a su familia.

En esos días, apareció de nuevo, la amiga del marido. Le llevó muchos regalos a la pequeña y ropa a la mama. Inclusive, salieron al salón de belleza para retocarse el cabello. La amiga le invitó a pasar unos días en su casa para cambiar de ambiente y, sin dudarlo, aceptó la invitación.

La noticia se la dio a Roque minutos antes de marcharse. Al joven le tomó desprevenido porque había planeado llevarlas a pasear fuera de la ciudad. Un sentimiento extraño le envolvió el alma porque sabía perfectamente que la amiga era parte de un pasado poco recomendable. La mujer era calculadora, fría, egoísta, interesada, amante del dinero y de la noche. El joven se dijo: «las huellas cuando vuelven a nuestro presente siempre nos llevan por el mismo camino».

Al mes, la madre soltera regresó a su apartamento. Roque se había encargado de mantenerlo limpio. Al encontrarse de nuevo, la sorpresa fue grande porque ambas mujeres habían cambiado. La niña estaba preciosa y la mana, no se diga. La mirada del chico no pudo ocultar el asombro al verla tan hermosa. Se había cambiado el corte de pelo, el color, estaba maquillada y el cuerpo parecía moldeado.

Al saludarse, Roque notó algo extraño. Algo no le gustó. Con el simple saludo sabía que algo había cambiado en la mujer. Estaba más distante, seria y misteriosa. No lo trataba igual. Sin embargo, al confrontarla para saber lo que sucedía. La chica evadió la conversación y con la misma, cambió su actitud.

Esa noche, el muchacho, para probarla, le dijo que tenía que volver a su apartamento porque necesitaba estudiar. La chica, al escucharlo, hasta pareció sentir un alivio. Aceptó, sin preguntar ni sin pedirle que se quedara con ellas, como lo hacía, anteriormente.

La relación entre ellos quedó en un impase y no volvieron a tocar el tema del sexo. La amiga del pasado siguió visitándola y otros personajes se fueron uniendo. La mujer inclusive, comenzó a beber y a fumar.

Una noche que Roque llegó de improviso, se encontró con un baile en el apartamento. La amiga bailaba muy sensualmente con un joven y parecían congeniar perfectamente. Al verla, Roque sintió un pinchazo en el corazón, pero trató de disimular. Al verlo, la chica dejó de bailar y se acercó para saludarlo. Lo presentó como su mejor amigo y le ofreció de beber; luego, le sugirió que aprovechara a sacar a bailar alguna chica. Le insinuó que todas estaban disponibles para lo que fuera.

La muchacha, a los minutos, volvió a la pista de baile con otro hombre. Los tragos parecía que le habían quitado el pudor porque con el pretexto del baile dejaba que la tocaran por todos lados.

Roque fingió meterse en la fiesta pero a la hora se había marchado del lugar. Un sentimiento de tristeza le cubrió el corazón.

El chico se dijo: «parece que ha vuelto a una vida que extrañaba». Desde ese día, la comunicación con la mujer fue a través del teléfono.

Al mes, salió con la noticia que su amiga le había conseguido un empleo de mesera en algunas fiestas importantes. Salía por la noche y regresaba casi al amanecer. El olor a licor y a cigarro se identificaba en su persona.

A los días apareció con un tipo que aparentaba tener dinero y viendo la manera que se comportaban, se diría que no eran simples amigos. La mujer le preguntó si podía cuidarle a la niña porque tenía una invitación a una boda. Roque aceptó porque tenía un aprecio especial por la pequeña; sin embargo, en ese momento tomó una decisión: se tenía que alejar de ambas mujeres. Todo dejaba entender que la mujer había tomado una decisión de vida y él no estaba incluido.

Esa noche no llegó a dormir. Y se dijo: la suma no es difícil de hacer. Todo está dicho. La mujer apareció al medio día y con unos chupones en el cuello.

Roque no anduvo por las ramas y se lo preguntó. La mujer no anduvo con cuentos y confirmó el hecho. Inclusive, le dijo que le habían propuesto matrimonio. En ese momento, Roque se le quedó mirando y le deseo suerte. Sin embargo, le dijo que tenía que buscar a alguien más para que cuidara al bebé porque él no seguía. La chica entendió y alzando los hombros se acercó para darle un beso de Judas en el pómulo. Al oído, le dijo que se cuidara.

Desde ese día, no se volvieron a comunicar. La única que guardó contacto con ella fue, Celeste que no dejó de visitar a su ahijada.

A los tres meses, una llamada de la policía volvió a meterlo en la vida de Rosa María. La pareja le había dado una tremenda paliza que la había mandado al hospital. En su agenda, la mujer había puesto a Celeste y a él, como referencias en caso de urgencia.

Cuando se presentó al hospital, estaba en cuidados intensivos porque tenía unas costillas quebradas y muchos moretones en la cara. Como no tenía, seguro médico, Celeste y él tuvieron que poner sus tarjetas de crédito para que obtuviera, al menos, los cuidados básicos. Ese mismo día, tuvo que salir del lugar porque los gastos eran excesivos. Los problemas no quedaron ahí porque el tipo terminó en la cárcel y la mujer con un juicio de deportación en la mano.

Roque se puso de acuerdo con Celeste y decidieron poner al corriente a los padres. La madre corrió en auxilio de la hija sin el consentimiento del esposo. Rosa María no supo nada de eso, hasta que la señora, puso pie en la ciudad y en su habitación.

La relación entre Roque y Rosa María continuaba en el hielo. Celeste, por su parte, se había comprometido con un chico del grupo y estaban hablando de boda.

El día que la madre llegó, una semana después, Roque se encargó de alquilar un vehículo e ir a esperarla al aeropuerto de Montreal. Se pusieron de acuerdo para darle la sorpresa y cuando el momento llegó, este estuvo puntual a la llegada para que no tuviera problemas en el aeropuerto. No fue difícil reconocerla, sobre todo porque la hija tenía mucho, parecido. A decir verdad, la mamá no parecía una mujer mayor. Hasta, las podrían confundir como hermanas. Él la esperaba con un cartón con su nombre y cuando la vio salir, le preguntó y acertó. Ahí se reconocieron y se subieron al taxi. Cuando llegaron a la entrada del edificio, Roque le avisó a la chica que llegada con una sorpresa para que se preparara o se vistiera por si andaba con ropa ligera.

Al llegar a la puerta, este tocó y se escuchó una voz en el interior diciendo:

— ¡Entra que está abierta la puerta! Ambos entraron sin hacer mucho ruido.

—Te traigo una sorpresa, espero en Dios que te guste. La mujer lavaba unos trastes.

— ¡Hola, hija! Dijo, la madre, suavemente.

Rosa María al reconocer la voz sintió que el corazón se le salía del cuerpo, se dio media vuelta y al verla, se quedó, helada; cómo quién mira un fantasma. Roque sostenía la maleta de la madre y las miraba con cara de satisfacción. Ambas mujeres se unieron en un abrazo lleno de emoción y llanto. La hija se puso de rodillas y le pidió perdón. Luego, se levantó y tomándola de la mano, llevó a la progenitora para que viera a la pequeña que estaba en la cuna.

Rosa María dejó a la abuela con la nieta y volvió a la sala. Ahí, la esperaba Roque con la intención de marcharse del lugar. Al verlo, con lágrimas en los ojos, se acercó y le pegó con el puño cerrado diciéndole:

— ¡Me debes una! ¡Malo! Me hubieras avisado para poder ir al aeropuerto. Luego, lo abrazó.

— No sabía cómo reaccionarías ante la noticia. La sorpresa fue la única alternativa. Si me quieres matar, lo tendrás que hacer más adelante. — Sonrió. El chico guardaba cierto hermetismo con ella.

— ¡Gracias!

— No me debes nada. Me tengo que marchar. Que disfrutes a tu madre. — El chico se dio media vuelta y se marchó del lugar.

Durante esos días, Rosa María se vistió de guía turística y paseo a la madre por los mejores lugares: El Oratorio de San José, La Basílica de Nuestra Señora, la Catedral, el Estadio Olímpico, la montaña del Monte Royal y la Isla Santa Helena. Ese tiempo sirvió para convencerse de que había llegado el momento que la hija pródiga volviera al hogar.

Al buscar los pasajes del avión, se dio cuenta de que la pequeña no podía salir del país sin el permiso del padre. Hasta ese momento, se acordó que en la partida de nacimiento Roque había firmado, como padre de la pequeña. Sin embargo, no hubo ningún problema porque firmaron un poder para darle todos los poderes a la madre.

Estaban en las vísperas de marcharse, cuando apareció una huella del pasado. El tipo que la había maltratado le pidió una cita para verse en un restaurante porque tenía prohibido acercarse a ambas mujeres. Contra la voluntad de la madre, la chica aceptó verlo. El hombre se arrodilló pidiéndole perdón y le rogó que no se marchara. A pesar de todo, la mujer no cerró la puerta, dejando la posibilidad al decirle que lo pensaría.

Ese día, cuando Rosa María salió a encontrarse con el marido agresor, la madre aprovechó para llamar a Roque y pedirle que llegara al apartamento para hablar. El chico, por respeto a la señora, aceptó la invitación. Él, no deseaba ver a Rosa María porque no le gustaban las despedidas.

Al estar a solas con la madre de su amiga, la mujer lo puso al tanto de la situación y le pidió que hablara con su hija. Ella sabía que a pesar de estar enojados, la muchacha le tenía mucho cariño. La señora, no era tonta y sospechaba que entre los dos había una historia que seguía punzando fuerte.

Al rato, Rosa María llegó a la casa y mostró una sonrisa de satisfacción. Al ver al amigo, se sorprendió un poco y con la misma,

Comenzó a atar nudos. Rápidamente supo que su madre estaba en medio de aquella visita. Y por lógica, sacó la conclusión que tenía que ver con su encuentro. En ese momento, su cara cambió y fue directa al punto.

— Imagino que no vienes a despedirte, sino a regañarme. Supongo que mi madre te contó. No te preocupes en preguntar, vengo de verme con él.

— ¿Podemos hablar en privado? — Se dirigió a la habitación de dormir.

La chica no dijo nada y le siguió mostrando una seriedad marcada. Entró al cuarto y cerrando la puerta, se sentó al borde de la cama, cruzó sus brazos y le miró fijamente.

— ¡Te recuerdo que tú no eres nadie en mi vida para sermonearme!

— ¡Estoy de acuerdo! No he venido a eso. Ni pretendo hablarte de moral. Ya eres grandecita, sabes votar y tienes una hija. Sin embargo, el hecho de haberte acompañado en los malos momentos, me da, hasta cierto punto, el derecho de meter mi cuchara. Te recuerdo que no hace mucho estuviste en el hospital con la cara morada, las costillas rotas y con una hija abandonada. Sin embargo, no es de eso que quiero hablarte. Con tu vida puedes hacer lo que quieras. Es verdad que tu madre me habló porque está preocupada, pero como le dije a ella: no puedo hacer nada. En tus manos está el quedarte o irte. Lo que quiero poner claro es la situación con tu hija. Te recuerdo que en la partida de nacimiento aparezco como su padre. Por eso, fui con un abogado y firmé un consentimiento parental para que no tengas problemas en tu país pero me aconsejó que solucionáramos esa situación. Una prueba de ADN facilitaría todo. Dejo todo en tus manos para que no quede nada que nos una. Ahora me tengo que ir porque tengo que trabajar.

— ¡Gracias! No tienes que preocuparte por el mantenimiento. Los dos sabemos que no es tu hija. Quizás, en el futuro podemos arreglarlo.

— Por el momento, déjalo de ese modo. Quién sabe, quizás mañana la niña necesite viajar a este país. A los dieciocho podrá optar al pasaporte. ¡Bueno, eso era todo! Buena suerte.

El joven se dio media vuelta y salió del cuarto sin decir nada. Se despidió de la madre con una sonrisa y luego, le dio un beso a la niña que estaba en los brazos de su abuela.

El muchacho estaba a punto de salir del edificio cuando la voz de la madre de la amiga, le detuvo.

— ¡Espere por favor! ¡Quería agradecerle todo lo que ha hecho por mis amores! Aunque ignoro toda la relación que ustedes tienen, creo que ha sido algo bonito. Por algo, mi hija se quedó llorando.

— ¡No tiene nada que agradecerme! Ha sido un placer conocer a su hija y a su nieta.

— ¡Conozco a mi hija y sé que es algo orgullosa! Sin embargo, se que le tiene mucho cariño. ¡No sé qué pasó! Imagino que es una historia de familia. Creo que somos un poco tontas porque nos fijamos en los que no merecen la pena.

— A lo mejor no merezco la pena.

— ¡No lo creo! Aunque no lo conozco, me parece un muchacho bueno.

— ¡Caras vemos, corazones no sabemos!

— Si usted lo dice. De todas maneras, gracias. ¿Le puedo dar un abrazo?

— ¡Claro! No faltaba más.

Ambos cuerpos se unieron por unos segundos y sin quererlo, al desbalancearse, el joven puso las manos sobre las nalgas de la mujer.

— Lo siento, no lo hice a propósito.

— No se preocupe que no ha pasado nada. —Sonrió agradablemente. Ahora comprendo que no es un angelito.

— No lo soy, pero tampoco un diablito mal educado. — Se sonrojó.

— No se preocupe. Es broma. Aunque, le seré sincera, hace mucho rato que nadie me agarraba las nalgas de esa manera.

— Ahora veo de donde sacó Rosa María lo directo.

— Algo tenía que sacar de mí.

— Eso no es verdad, ambas son hermosas.

— Gracias por lo que me toca. Imagino que ya no lo volveremos a ver.

— ¡Creo que no!

— Las puertas de mi rancho siempre estarán abiertas.

— ¡Gracias! Al rato le tomo la palabra y le caigo por ahí.

— Piénselo y cuando pase todo este embrollo, visítenos. Le aseguro que todos estaremos contentos de tenerlo entre nosotros.

— ¡Esta bien! Me quedo con su palabra.

— Puede quedarse también con el apretón, no me molestó.

Ambos sonrieron y agarrándose las manos, se volvieron a decir adiós.

Rosa María se había quedado en el cuarto con los ojos llorosos y echando chispas por dentro. No había terminado de buena manera con alguien que apreciaba mucho. Aunque, durante la semana quiso comunicarse con él, nunca le respondió y no pudo hacer las paces. Sin embargo, con su amiga Celeste le dejó una carta de despedida. A la semana estaba agarrando el avión para su país.

IV- CERRANDO CÍRCULOS

Cuando Rosa María regresó a casa de sus padres, se encontró con un progenitor resentido. Apenas, la saludó al momento de llegar. Sin embargo, al conocer a su nieta se le fueron los ojos y se desvivió por la pequeña. Inclusive, según la madre, se puso a hacer cosas que nunca hizo con su propia hija: dormirla en sus brazos.

Con el tiempo, la relación mejoró entre padre e hija. Rosa María trataba de no llevarle la contraria para llevar la fiesta en paz. Sin embargo, se veía a distancia que se mordía los labios para no soltar la sopa. Los que sufrían su malgenio eran los empleados y, solamente, se le veía sonreír con su hija o con algún invitado que por esos días, se habían multiplicado como moscas atraídos por la miel.

La pequeña casi no necesita a la madre porque le pusieron una sirvienta, a tiempo completo, desde que puso un pie en la hacienda. Por su parte, Rosa María se dedicó al servicio comunitario e hizo construir una escuela para los hijos de los trabajadores. Ella se convirtió en la maestra de todos esos pequeños. En los pobres encontró una manera de sobrevivir en el campo.

Los gorriones, poco a poco, mostraron su rostro en la hacienda. No era ningún secreto que Rosa María era la heredera universal de la fortuna de los padres. Los pretendientes interesados trataban de buscar una oportunidad en el corazón de la muchacha. Sin embargo, para los ojos de muchas familias del lugar, el hecho de tener un hijo sin marido, era mal visto. Por otro lado, la belleza de la mujer dejaba a cualquier hombre con la boca abierta. Su temple, también, provocaba que muchos se mantuvieran alejados. La mujer no andaba por las ramas para poner en su lugar a cualquiera. El secreto del embargo estaba bien guardado en la casa. Ninguna de las mujeres se atrevía a tocar el tema delante del padre porque suponían que tenía suficiente ganado para pagar toda la deuda.

Mientras tanto, Roque trataba de terminar sus estudios en administración. El hecho de haber dejado dos materias, mientras ayudaba a Rosa María, había provocado que sus estudios se alargaran una sesión más. Y no solo en los estudios le estaba costando. La deuda adquirida, al pagar el hospital donde atendieron a Rosa María, estaba ahogándolo financieramente. Apenas, lograba pagar los altos, intereses. Sin mentir, se podría decir que trabajaba sólo para los bancos.

Seis meses después, un día de tantos, encontró un mensaje de Celeste en su teléfono. Le decía que necesitaba hablar con él, con urgencia. Tenía un encargo que darle. Además, quería compartir una noticia: regresaba a su país. Al escuchar, el mensaje que tenía varios días, grabado, tuvo deseos de verla. En ese momento, era muy tarde, casi las diez de la noche. Marcó el teléfono, pero nadie contestó. No quiso dejar mensaje y prefirió ir al apartamento. No estaba muy lejos de su casa, quince minutos, más o menos.

Mientras, conducía. Su pensamiento viajó varios meses atrás en su vida. Volvió a revivir la primera noche que compartió con la mujer. Soltó una sonrisa y se dijo: «Nunca, pensé que un día hubiera podido acostarme con Celeste. Estaba tan cerca y tan lejos. Creo que sí, Rosa María no hubiera intervenido entre los dos, nunca hubiera pasado nada. Estaba tan equivocado con ella». De repente, unos rayos se movieron en el cielo y una lluvia intensa comenzó a caer como clavos.

Al llegar al edificio de apartamentos, buscó un lugar para estacionarse no muy lejos del lugar. Se quedó esperando unos minutos para ver si la lluvia disminuía. Luego, pensó que mientras más tiempo esperaba, se hacía más tarde y menos conveniente visitar a la chica. Pensó en ir, tocar el timbre desde abajo y si no respondía, se regresaba. Él, nunca se imaginó que la lluvia estaba, muy fuerte. En esos cincuenta metros, se mojó completamente y no quiso renunciar. Llegó al lugar y tocó el timbre. En ese mismo momento, alguien entraba al edificio y aprovechó para entrar, afuera seguía mojándose. Él nunca supo, si la mujer estaba en la casa.

Celeste estaba en el baño lavándose los dientes y al escuchar el timbre, se tardó unos minutos en responder. Le pareció raro que nadie respondiera. Se imaginó que se habían equivocado. Se dio media vuelta para dirigirse a su cuarto, cuando alguien tocó suave la puerta. Al principio, le dio cierto miedo, pero se acercó con cautela y observó por el ojo de vidrio. Se sorprendió a ver a Roque, ahí. Abrió, con cierta curiosidad y al verlo, empapado, le dijo:

— ¡Niño! ¿Qué te pasó? ¡Estás, completamente mojado! ¡Te enfermarás! ¡Entra, por favor!

— ¡Hola! ¡Lo siento! Cuando salí de mi casa no caía ni una sola gota. En el camino, se puso a llover y cómo quería salir de las dudas para saber si no te habías marchado. No quise echarme hacia atrás. — Se quedó viendo para todos lados y agregó: ¿No estorbo?

— No. Estoy sola. — La chica sonrió.

— Bueno. Acabo de escuchar tu mensaje y me sorprendió. Por eso, me arriesgue para poder decirte adiós.

— Hace una semana que lo dejé. ¿Dónde te has metido?

— Estudiando y trabajando como loco para pagar mis deudas que me tienen hasta el cuello. — Se puso a temblar.

— Te traeré una toalla.

La mujer se dirigió al baño para buscar la tela. Al regresar, la colocó sobre la cabeza y ella misma se puso a secarle el cabello.

— ¡Estás empapado!

En ese momento, el chico se puso a juguetear con la punta de los dedos sobre los pezones de la chica que sobresalían de la camiseta de seda.

— ¡No seas travieso ni atrevido! — Sonreía sin parar de secar la cabeza.

— ¡Me recordarán! Me parece que, han crecido. ¡Pequeños, se acuerdan de mí! — Los apretó un poco y la mujer sintió un murmullo de nervios en su ser.

— ¡No sigas, por favor!— Se retiró del chico un paso hacia atrás. ¿Sabes, qué? ¡Creo que es mejor que te des un baño! Si te pasa algo, no me lo perdonaría. —Sin esperar respuesta, comenzó a desabotonar la camisa. — Por lo que veo has mejorado la técnica.

— Tuve un buen maestro.

— ¡Maestro! Lo único que te hacía falta era confianza y decisión. El sorprendido fui yo. Me dijeron que era novata y me salió, adelanta, la alumna.

— ¡No, creo! Si no me hubieras tratado de esa manera, creo que seguirá virgen. — Se puso a acariciarle el pecho mojado. Luego, dándole unos golpes suaves, agregó: ¡Quítate el pantalón! ¡No seas malo!

El chico sonrió porque parecía que le había leído el pensamiento. Se quitó la pieza y quedó en calzoncillos. Luego, se dirigió al baño. La mujer no desaprovechó y dándole un golpe en las nalgas, agregó:

— ¡Los calzoncillos, también!

El chico se los quitó y se los entregó. La mujer los agarró, sin voltear su rostro hacia, abajo. Luego, dijo:

— ¡No debo ceder ante la tentación! — Le puso las dos manos en el pecho y empujándolo suavemente, le dijo bajando la mirada.

— ¡Deja de atormentarme, hombre! Mira que me puedes hacer caer en pecado.

Ambos se sonrieron porque estaban jugueteando cómo lo hacían antes.

— Por curiosidad, ¿estás libre o comprometida? — El chico, la miró, a los ojos para mostrar seriedad en el pedido.

— La curiosidad mató al gato. ¿Mejor, báñate? Puedes enfermar, hazme caso. — Le puso la mano en el pecho para que terminara de entrar al cuarto.

— ¡Respóndeme! No seas, mala.

— ¿Por qué tanto el interés?

— Simple. Si hay alguien, prefiero respetar.

La mujer se mordió en labio en signo de picardía.

— ¿De verdad? ¿Y si estoy, libre?

— Continúo jugando. — Se puso a acariciarle la punta de los senos y los pezones, se abultaron. — ¡Mira que, lindos se ponen!

— ¡Sigo, siendo mujer! Eres el demonio. ¡Aléjate de mí! — quitó las manos de sus senos y jugueteando, hizo una cruz con los dedos.

— ¡No quieres bañarte! — Puso ojos pícaros.

— No. Ya me bañé, gracias.

Como a los quince minutos, el joven salió envuelto en una salida de baño. Al verse, se sonrieron. Luego, la chica se levantó con una taza de chocolate caliente. El muchacho recibió el detalle con mucho aprecio. Con la misma, se sentaron alrededor de la mesa.

— ¡Me gusta, tu apartamento! Nunca me invitaste.

— Honestamente, muy pocos han venido. Siempre, quise que fuera mi rincón íntimo. Entiendes.

— Veo unas maletas cerca de la pared. Entonces, es verdad que nos dejas. ¿Por qué decidiste marcharte después de tanto tiempo?

— ¡Creo que llegó el momento de volver a casa! Al inicio, vine por unos meses para estudiar el inglés. Luego, me enamoré de la ciudad y la cultura. Me hice de amigos y el tiempo pasó.

— ¿Por qué no pediste la residencia?

— Quizás, porque nunca estuvo en mi mente quedarme a vivir aquí. Simple que eso.

— ¡Me harás falta!

— Mentiroso. Me has tenido abandonada desde hace mucho.

— Te di, tu espacio. Es otra cosa. Siempre, estuvimos claros.

— Lo sé y te lo agradezco. Sin embargo, algunas noches te extrañé.

— Lo mismo digo. ¿Cuándo, te marcharás?

— Dentro de una semana. ¿Irás a visitarme? No me contestes. Si no has venido aquí que has estado a unos kilómetros, no lo harás con tanta distancia.

— A lo mejor, quien sabe. Todo dependerá del recuerdo que dejes.

— Entonces, trataré de dejar el mejor.

— Así se habla. Ojo, solamente tienes unos días. — Se puso a reír.

— ¡Es verdad!

— A todo esto, me decías en el mensaje que tenías un encargo para mí. ¿Qué es?

— No te lo imaginas. Una pista: es una carta, una invitación y dinero.

— ¡Todo, eso! Haber...

— He estado en contacto con Rosa María. Te ha recordado mucho, sabes. Te envía saludos y besos.

— Ya me diste los saludos, ¿y el beso? — Sonrió y estiró la boca.

— No pierdes oportunidad, verdad. — La mujer se acercó y lo besó.

— ¡Creo que, puedes hacerlo mejor! Me lo diste como la primera vez.

— ¡Está, bien! ¡Cierra, las piernas! — La mujer abrió las piernas y se sentó en la cintura. Luego, se besaron con mucha pasión. Al sentir la excitación del hombre desnudo, se puso de pie diciendo: ¡Estás, peligroso! No me acordaba que estabas desnudo.

— ¡Todavía me haces reaccionar!

— ¡Eso, es bueno! — Sonrió y se puso a soplar con las manos el rostro indicando que la temperatura había subido. ¡Huellas, benditas, huellas!

— Hablabas de una carta. ¿Cómo están?

— ¡Están bien, por lo que me dijo y pude ver! Aquí, tienes ambos paquetes: la carta y el dinero.

— ¿Y eso? — El tipo agarró las cartas y las colocó a un costado. El dinero no quiso tocarlo.

— Es para que pagues la carta de crédito. Hice cálculos y repartí entre dos la cifra. ¿Está, bien?

— No sé, la verdad no quede muy bien con ella. Le dije cosas, quizás, muy fuertes.

— Me contó todo y pienso que hiciste bien. Alguien tenía que decírselo. Parecía madura, pero a veces actuaba, como niña malcriada. No tienes ¿por qué? Sentirte mal. Estuvo, estupendo. Mira que estuvo a punto de aceptar otra vez a ese tipo. ¡Desgraciado! Ni te cuento la regañada que le di.

— También, tú.

— Sabes que su padre tiene más de dos mil cabezas de ganado, una hacienda de más de mil hectáreas. Honestamente, me dio cólera que no fuera solidaria con nosotros. Le dimos la mano, nuestra riqueza y por orgullo, no le pedía dinero al padre para pagar la deuda que contrajimos para ayudarla. Me enojé y le dije que no me iba del país porque tenía una deuda muy grande. Imagino que tú estás en las mismas.

— Según recuerdo, tú pusiste el dinero en efectivo.

— Era todo mi dinero ahorrado por años. Yo contaba con eso para regresar a mi país y poner mi negocio. Ayudé y dejé de ganar intereses. Por eso, al calcular puse todo, como si hubiera sido sacado de una carta de crédito, como tú. ¿Hice, mal?

— ¡Creo que no! Tienes, toda la razón.

— Apenas vendió unas cuantas cabezas para pagar. Y nosotros aquí, matándonos. Trabajando, por una deuda que no era nuestra. Yo la quiero mucho, pero no me gusta que me miren la cara. — Se puso enojada.

— No te conocía ese lado.

Al escuchar la réplica, cayó en cuenta y cambio de aspecto.

— ¡Cómo ves, tengo mi carácter!

— Ya veo. Una pregunta, ¿estás bien de dinero? Si necesitas, solo tienes que decirme. — Le mostró, los billetes.

— ¡No, cambias! Te pica el dinero en las manos.

— Como dicen, si el dinero no te ayuda a ganar amigos, no sirve para nada.

— ¡Gracias, pero estoy bien por la Gracia de Dios! Cuéntame, ¿terminaste tus estudios?

— Sí, precisamente acabo de presentar el último trabajo. ¡Estoy libre por fin!

— ¡Bravo! ¡Te felicito!

— ¡Así, nomas! Eres, pan sin sal. ¡Un abrazo y un beso no caerían mal!

— No, no, no. Una vez se tropieza el ciego. Sentarme ahí es muy arriesgado.

— ¡Anda! No seas malita que, no te pasará nada.

— Así me dijeron cuando me pidieron que me emborrachara y mira que ni cuenta me di cuando abrí las patas.

— ¿No te diste cuenta? Entonces, fingiste muy bien.

— Bueno, un poco. — Sonrió, pícaramente. Te mostraré la foto que me envió.

La mujer se levantó y sacó de su cartera una fotografía. Ahí estaba Rosa María con Roció en brazos.

— ¡Guau! Cómo, han cambiado.

— Te siguen robando el corazón. No lo puedes negar, se te ve en los ojos. Rosa María se ha puesto muy hermosa.

— ¡Sí!

— ¿Estás enamorado de ella?

— No creo. Para ser sincero, me gusta, como mujer y hace el amor divinamente. Sin embargo, su carácter me pone de cabeza muy rápido. No aguantaría con ella mucho tiempo.

— ¡Es especial!

— ¡Muy especial!

— Me suena que ese corazoncito está volando bajo. ¡Un consejo, gratis! Ve a visitarla y declara tu amor. De esa manera, te quitarás ese peso de encima.

— No. Es de tontos preguntar, cuando se conoce la respuesta.

— Supones, la respuesta. ¡Pobrecito! Me lo han dejado solo y desamparado.

— Sí, necesito que me apapachen.

— Lo haría con gusto, pero solo de verte. Estás, mírame y no me toques.

— Sabes, como me tienes y me haces sufrir. De la manera que estás vestida, me provocas más. ¡Te veo, divina! Dan ganas de comerte viva. No necesito preguntar para saber que no tienes nada abajo.

— ¡Posible! Y sabes, otra cosa... pronto me vendrá. — La mujer se puso a modelar.

— Sigues, metiendo la cuchilla en la herida. Me quieres llevar al límite.

La mujer sonrió de buena gana.

— Es bonito sentirse apreciada, sabes. Sé que me estás desnudando y me gusta. Las huellas que hicimos en aquellos días, siguen vivas dentro de mí.

— ¡Dame de beber de tu oasis, corazón!

— Cambiemos de tema para que cambies de aires, te daré una vuelta por mi rinconcito. ¡Ven! ¡Sígueme! —Le agarró una mano y acercándose al joven, la colocó para que la tomara de la cintura. De esa manera comenzaron a recorrer el lugar, bromeando:

El chico metió la mano, bajo la blusa y se puso a acariciar uno de los senos sin que la mujer dijera nada para que la retirara.

— ¡Esta es la puerta de entrada y por ahí veo, los intrusos! Este cuarto es la sala y el comedor. También, sirve de salón para estudiar y reposo. Ese pequeño cuarto es el baño. Pequeño pero agradable. Aunque la tina es algo, pequeña, cuando quiero darme un baño de espuma, mis pies salen sobrando. Y para terminar, el tour… este es mi dormitorio. Es el lugar preferido de la casa. Aquí es soñado muchas cosas, llorado mis decepciones y, aunque no me lo creas, nunca me han hecho el amor.

— Interesante. Podríamos decir que es tu lugar, sacro.

— Sí, pero es como cuando quería que me hicieran el amor y no permitía que se acercaran.

— Eso significa que aquí no hay huellas de ninguna clase.

— Sí, podríamos decir que es un lugar inmaculado.

Al estar frente a la cama, la mujer se dio media vuelta para quedar frente al joven. El chico colocó las dos manos, bajo la blusa y en la cadera. La mujer, por su parte, colocó las dos manos sobre el hombro, de cada lado. Mirándolo a los ojos, le dijo:

— ¿Qué tan necesitado estás?

— Del uno al diez, diez.

— ¡Ya veo! Entonces, vamos a tener que sacar toda esa energía. — Presionó sus manos para que el joven cayera sentado sobre el borde de la cama. La salida de baño se desamarró y al verlo excitado, la mujer sonrió diciendo.

— Me gusta, verte así. — Con un simple, movimiento de hombros provocó que la blusa cayera al suelo.

Roque, delicadamente, bajo la pantaloneta de seda hasta dejar que el peso de la gravedad hiciera el trabajo.

Esa noche, se amaron como en los primeros días. Se podría decir que no se separaron durante esos últimos momentos. El fin de semana, se fueron a la capital de la provincia para hospedarse en un famoso, hotel que parecía castillo: «Le Chateau Frontenac».

A la semana siguiente se estaban despidiendo como dos eternos enamorados en el aeropuerto. Ahí no importó que la gente los viera. Aunque no se prometieron nada, ellos sabían que ese adiós significaba un punto y final a esa linda, relación. Aunque las huellas que habían hecho seguían firmes, dudaban que volvieran a repetirse.

Al mes, Roque abrió la carta de Rosa María. Ahí encontró la invitación al aniversario de la pequeña y el deseo de la mujer para que las visitara. Le habló de sus padres y de su tierra. También, sobre cada momento especial en el desarrollo de Rocío. En la carta le daba las gracias por todo: la compañía, la amistad, el cariño y las noches que se amaron. Ahí, hizo hincapié para decir que extraña mucho su atención, como hombre. Le dio a entender que conocía los sentimientos hacia ella y que, si lo había rechazado, era para no hacerle daño. Ella lo apreciaba mucho, pero en ese momento, no sentía amor. El problema de posparto influyó mucho en su comportamiento.

Las palabras de la mujer dejaron pensativo al chico y un deseo de verla, creció como la espuma. Así que, retomando las palabras de Celeste, decidió darse unas vacaciones para sacarse la espina de su alma. Las huellas seguían volviendo, una y otra vez, al presente.

El tipo compró el billete de avión y se puso en contacto con Rosa María. La mujer se alegró y se comprometió a ir por él al aeropuerto. El rancho quedaba a doce horas de ruta.

V- LAS DUDAS DEL CORAZÓN

Roque llegó al aeropuerto después de muchas horas de vuelo se sintió algo nervioso. El hecho de volver a ver a Rosa María provocaba en él, un sinnúmero de sentimientos encontrados. El último encuentro había estado un poco pasado de tono y en el fondo, todavía se sentía mal. Se había comportado como un marido celoso sin ser parte en la vida de la mujer. Ella tenía el derecho de vivir su vida como le complaciera y con quién deseara. La duda que le había quedado, era: si se había enamorado de la chica. Por eso, como le sugirió Celeste, cuando hay dudas en el corazón, lo mejor es sacarse la espina para poder seguir el camino en paz. En otras palabras, había tomado la decisión de visitar a Rosa María para averiguar si la amaba y si sus sentimientos eran, correspondidos.

El chico hizo todos los trámites y pasó, los controles migratorios. Cómo, solamente, llevaba una mochila de viaje, no tuvo necesidad de buscar equipaje. Se dirigió a la entrada del edificio y se puso a ver a las personas que esperaban aglomeradas en la entrada.

Una mano alzada y la voz de Rosa María provocaron que la descubriera. Sin embargo, la mujer que decía su nombre parecía diferente. Tenía sombrero, lentes anchos y una pañuelera en el cuello.

Siguiendo su instinto se acercó y al estar a pocos pasos, la sonrisa de la chica dándole la bienvenido confirmó que en verdad era ella. Le saludó ofreciéndole la mano como si fueran unos desconocidos, le pidió el maletín y llamó a un tipo que estaba a cierta distancia.

— ¡Él se ocupara del equipaje! — se esforzó en quitar la mochila de las manos.

— ¡No es necesario! — Trató de evitarlo.

— ¡No te pongas necio, por favor! — Lo dijo en tono seco.

Roque cedió al pedido pero el tono y la manera de actuar causaron una impresión extraña. Ella no era así. Había cambiado. Unas primeras burbujas en forma de dudas afloraron en su interior. Era la primera vez que sentía que había tomado la mala decisión de ir a verlas.

Se fueron al vehículo, carro de doble cabina y palangana para llevar cosas atrás. En el camino al estacionamiento la conversación rodó alrededor del viaje y el clima. Nada personal, quizás porque el conductor no estaba lejos de ellos. Al llegar al carro, le ofreció el asiento del pasajero al lado del volante y ella se sentó atrás.

Al estar todos dentro, la mujer le preguntó si tenía hambre o deseaba ir al baño. Después, si podía aguantarse unas cuatro horas. Al obtener las respuestas, se dirigió al conductor y le dio varias órdenes, claras y precisas. Roque sabía que la mujer tenía madera de líder pero escucharla y verla actuar le sobrepasaba la imaginación. El viaje duraría doce horas y por esa razón, se detendrían a dormir como a ocho horas de camino. Ella tenía hecho el itinerario de viaje. Durante la primera hora se pusieron a hablar de todo, pero sin tocar el aspecto personal. Luego, ella dijo que tenía sueño y cortó la conversación. Se acomodó y se puso a dormir. Por su parte, Roque se dedicó a ver el paisaje y aunque trató de sacar algún tipo de conversación con el conductor, comprendió rápidamente que el tipo tenía prohibido hablar.

Mientras viajaban, Roque comenzó a analizar el comportamiento de Rosa María desde su encuentro. No lo saludó con la misma euforia que solía hacerlo. El chico pensó que se debía a lo que había ocurrido en el último encuentro; luego, se dijo que era para no dar a demostrar algo. Al ver que, solamente, le ofreció un apretón de manos y un beso suave en la mejilla, le dio a entender que algo no rodaba bien. Rosa María, al igual, parecía no estar a gusto con ella misma. Se veía incómoda.

Además, La mujer se había puesto a preguntar del vuelo, de los amigos en común y de la ciudad. Hablaron más de Celeste y del grupo «Huellas» que ellos. Cuando la conversación comenzó a acabarse, la chica había sacado el tema de la hija, como había crecido y algunas fotos.

Roque, veía a la mujer por el retrovisor y se preguntaba si había tomado la mala decisión. Se dijo: « No parece la misma y se ve a leguas que estamos en mundos distantes. No creo que dure dos semanas. Sin embargo, como ya estoy subido en el caballo, lo único que tengo que hacer es jinetearlo. Solo espero que no me tire. Lo mejor que puedo hacer es no hacerme ilusiones, disfrutar la vida y tratar de pasarla bien. Honestamente, no me veo junto a ella. Aunque, si soy honesto, se ve hermosa. ¡Como me gustaría tenerla en mis brazos! Tonto, no te claves en eso. Mantén tu calma y actúa como ella: sin mostrar interés o sentimiento».

Las siguientes ocho horas, se pasaron entre las paradas de urgencia, las lluvias pasajeras y las bromas con el conductor. Rosa María, casi no participó porque prefirió ponerse a leer un libro. A eso de las siete de la noche, decidieron parar en un hotel para pasar la noche, faltaba un poco menos de la mitad para llegar al pueblo.

Al llegar al lugar, Rosa María tomó la iniciativa y se bajó del vehículo diciéndoles:

— ¡Ya, vengo! — Cómo diciendo, no es necesario que me sigan.

Roque intentó bajarse y al quitarse el cinturón de seguridad, se quedó un poco congelado sin saber qué hacer. Al final, decidió quedarse. Sin embargo, se dijo: «Actúa raro, diferente».

A los minutos, la chica regresó con varias llaves en su mano. Se acercó al chofer y le dijo:

— ¡Aquí nos quedaremos esta noche! ¡Mañana salimos a las seis! Luego, desayunamos en el camino. Deje el carro en ese estacionamiento y aquí tiene la llave de su cuarto.

— ¡Cómo usted diga patrona!

— Nada de tragos ni desvelos. Lo quiero puntual.

— ¡Como usted diga patrona!

Cuando el joven se marchó, se dirigió a Roque, diciéndole: ¡Bájate, te mostraré tu cuarto!

La mujer se adelantó sin esperarlo. El chico agarró su mochila y se bajó. En ese momento, se dijo: «No me gusta, esta situación». Se puso a seguir a la muchacha sin decir, nada. Al ver por detrás, se dio cuenta de que su cuerpo estaba perfecto. Su caminar elegante provocaba que se viera sexy. Al llegar a la puerta del cuarto, se detuvo y le dijo:

— ¡Este será tu cuarto! —Le ofreció las llaves sonriendo.

— ¿Y el tuyo?

— Es el siguiente. Estaremos al lado. — Cómo era observador, ahí descubrió que el cuarto del conductor estaba lejos.

— ¿Tienes hambre?

— Un poco.

— ¡Qué te parece si nos bañamos y a eso de las ocho, nos vemos en el comedor del local para comer algo!

— Me parece una buena idea.

Cuando la mujer se marchaba, el chico le dijo:

— ¿Puedo hacerte una pregunta?

— ¡Claro!

— ¿Estás contenta porque esté aquí? ¡Te he notado, rara! ¿Es por nuestro último encuentro? Si te parece, me indicas cómo volver al aeropuerto y no pasa, nada.

— ¿Por qué piensas eso? Estoy feliz porque hayas venido.

— No parece.

— Discúlpame, entonces. Quizás, estos meses me han cambiado un poco. Sigo, siendo la misma. — La mujer se acercó al chico y poniendo un rostro de niña traviesa, le dijo: ¡Perdón! Quizás, me he sentido algo, extraña. Tenía muchos deseos de volver a verte que me sentí temerosa de algo.

— ¡Tú no eras así! ¿Dónde está la mujer segura que conocí?

— Estos meses han sido duros, sabes. No es fácil vivir con mis padres. Te propongo algo, descansemos y luego, seguimos con la plática. Tenemos dos largas semanas para ponernos al día.

— ¡Está bien! Te veo al rato.

A la hora indicada se encontraron en la entrada y se fueron a cenar. Cuando le preguntó, por el chofer, le dijo que él se las arreglaba, solo. Cómo diciendo, los trabajadores en un lado y los patrones, en otro.

Durante la cena, Roque volvió a encontrar la versión más cercana a la antigua. Preguntona, bromista y coqueta. Aunque, bastante celosa de su vida intima. Por alguna razón, evitaba hablar del tema. Para celebrar el encuentro, la chica pidió una botella de tequila. La chica no anduvo con cuentos y comenzó a beber como si se tratara de agua. El chico en cambio se limitó a tres vasos pequeños. Alrededor de las diez de la noche, se fueron para sus respectivos, cuartos, bastante alegres.

Al estar frente a la puerta del cuarto de la mujer, el chico quiso acercarse para besarla, pero la mujer lo detuvo en seco.

— ¡No lo hagas! ¡Nos pueden ver!

Roque se detuvo y volteando a ver a los lados pudo comprobar que estaban solos.

— ¡Lo siento! En estos lados, las cosas son diferentes.

— ¡Entiendo! — Mentía. Luego, pregunto: ¿Dónde está la mujer que conocí? ¡Me hace falta!

— ¿De verdad? ¡Lo siento por no ser lo que esperabas!

— ¡Está bien! Comprendo que el tiempo nos ha cambiado. No te preocupes. ¡Buenas noches!

La mujer entró al cuarto y luego, el chico hizo lo mismo. En los cuartos se escuchaba el movimiento de ambos. Se cambiaron y se lavaron los dientes, luego se acostaron. Roque para molestarla, se puso a tocar suavemente la pared y para su sorpresa, la mujer le contestó. Estuvieron jugando por unos minutos y luego, la chica dejó de contestar. Roque escuchó que se levantaba de la cama y a los minutos, dar unos pasos en dirección de la puerta de entrada. Lo primero que pensó fue que se había molestado. Siguió los pasos y al comprobar que se dirigían a su cuarto, se puso nervioso. Al escuchar los golpes suaves en la puerta, se levantó discretamente y abrió, con una sonrisa de pícaro.

— ¿Parece que no tienes sueño? — Le dijo con voz suave y entrando rápido.

— ¿La verdad, no?

— ¿Y por eso no me quieres dejar dormir?

— ¡Lo siento! — Lo dijo con voz nerviosa.

— ¡Está bien! Tampoco tengo mucho sueño y recordé que tengo que pedirte un favor.

— ¿Dime?

La mujer llegó hasta el borde de la cama y se sentó.

— ¿Qué quieres pedirme? — El joven se sentó al costado y puso un rostro más serio Estaba con el torso desnudo rozando el brazo de la mujer.

— Te acuerdas que al dar a luz, pedí que me estilizaran.

— Sí.

— Mis padres no saben y no quiero que lo sepan. Me puedes guardar el secreto.

— Más huellas.

— Sí, más huellas.

— ¡Qué rico hueles! Olor a fruta.

— No se te ha olvidado.

— No, siguen floreciendo en las huellas que dejaste. — El hombre se puso a besarle suave el hombre y a acariciar la punta de los pezones sobre la camiseta que tenía como pijama. ¡He soñado mucho con tu cuerpo!

Rosa María no opuso resistencia y se limitó a acariciarle la cabeza. Luego, le dijo:

— ¡No sigas por favor! Sabes cómo me pones. Mira que he estado en abstinencia durante todo este tiempo.

— ¡No te creo! Estás muy hermosa para ser cierto.

— ¿Te gusto?

— ¡Mucho! Y hasta me sorprende como me enciendes.

— ¡Es bueno escucharlo! Sin embargo vas a tener que controlarte en la hacienda. Mis padres son muy quisquillosos.

— En la hacienda y ¿aquí!

— Aquí... ¡No lo sé! Sabes, desde que me vine no he sentido las caricias de un hombre y creo que me han hecho, falta.

— Quieres que recordemos viejos tiempos y que florezcan antiguas huellas.

— ¿No te molestaría? ¡Bajo las mismas condiciones!

— Bajo las mismas condiciones. ¡Como si no hubiera pasado nada!

— ¡Esta bien! Pero no me dejes dormir hasta temprano. Debo volver a mi cuarto al amanecer.

— Tus deseos son órdenes.

— Teniendo todo claro, entremos en materia.

La mujer se puso de pie y frente al chico comenzó a desnudarse para excitarlo. En ese momento, las palabras pasaron a segundo plano y los amantes se pusieron en sintonía del amor.

El resto del camino fue bastante, diferente. La mujer volvió a ser más comunicativa. Llegaron al pueblo al atardecer y una hora después, llegarían a la casa de la chica. Según, comentó Rosa María, los terrenos del papá llegaban a los linderos del pueblo. La calle no tenía, asfalto y en los linderos de los cercos muchos árboles frutales. La mayoría de la tierra no la cultivaban porque era utilizada como pastizales.

Cuando llegaban a la hacienda, desde cierta distancia se podía observar la actividad. La casa era enorme y a su alrededor otras casas que servían para la cocina, el almacén de granos y un establo. Muchos árboles frutales, igualmente, completaban la decoración.

Al ver el movimiento de animales y vehículos, Rosa María, dijo:

— No te vayas a sorprender de lo que veas. Mi padre es algo exagerado en algunas cosas. Por lo que veo ha invitado a algunos amigos y vecinos para darte la bienvenida. Él está sumamente agradecido por todo lo que hiciste por su única hija y nieta.

— ¿No le hubieras dicho nada?

— No fui yo. Fue mi madre. Parece que te adora. Habla maravillas de ti. Que eres un buen hombre, guapo, educado y todo un profesional.

— ¡Sí, pero apenas nos vimos!

— Las madres ven más allá que sus hijos. No, son tontas y atan muchos cabos sueltos. Como el hecho que aparecieras en el certificado de nacimiento.

— Entiendo.

En ese momento, llegaron al patio de la casa y la gente se acercó para saludarlo. Eran más de veinte personas y las dos personas más risueñas eran los padres. Hasta se podría decir que era el hijo que llegaba y no, un amigo. Ni siquiera lo dejaron entrar a casa porque se fueron, directo a la mesa y le sirvieron un plato de comida acompañado de un vaso de licor. Rosa María, por el contrario, entró al hogar se cambió de ropa y luego, salió a saludar a los invitados. Había varios hombres y mujeres de la misma edad. Por el trato, hasta se podría decir que más de alguno andaba detrás de los huesos de la chica. Luego, más adelante, se daría cuenta de la verdad.

Por lo que pudo observar rápidamente, los hombres se reunían en un lado y las mujeres en otro grupo. Cómo era día de semana, a la hora de compartir, se alejaron los invitados. A eso de las nueve, solamente, había quedado Roque y el dueño de la hacienda. El señor se veía que había comenzado mucho antes porque hablaba con mucha lentitud. En un momento dado, se quedó, dormido.

En ese instante, aparecieron las dos mujeres de la casa y juntos llevaron al padre hasta una hamaca que colgaba en la sala. Luego, Rosa María llevó al invitado a ver al angelito que dormía en una habitación separada de su madre. Una muchacha tenía la tarea de velar por cualquier necesidad de la pequeña, fuera de día o de noche. Aunque, Rosa María prefería estar sola con su bebé por las noches.

En un momento dado, Rosa María llamó a una sirvienta y juntas salieron de la casa. Según, le comentó la mamá que tenia a la pequeña entre los brazos, habían ido a verificar si todo estaba correcto en el cuarto que habían adecuado para él. A voz baja, le confesó que el padre no estaba de acuerdo que él se quedara en la casa grande.

El chico comprendió el sentir del padre y le dijo que no se preocupara. Él no estaba acostumbrado a lujos y le bastaba un cuarto y una cama. Ahí, la mujer, le confirmó que una chica había sido puesta a la disposición para que se ocupara de él, de día y de noche. La joven dormía cerca del cuarto de las criadas. Por lo tanto, si tenía alguna necesidad de algo, simplemente tenía que pedirlo.

Como Rosa María se tardaba, al mujer le ofreció a la niña para que la tuviera en sus brazos. Ella sabía que cuando bebé, él se encargaba de dormirla.

Al hacer el cambio, Sin quererlo, Roque metió una de sus manos entre el vestido y el cuerpo de la señora tocando el seno.

— ¡Lo siento! No fue mi intención. — Se puso colorado porque la mano quedó enredada.

— ¡No se preocupe! — Con una sonrisa suave y sin malicia, la mujer le entregó a la pequeña y luego, sacó la mano del seno.

— ¡De verdad, lo lamento!

— ¿Lamenta el tocarme o no hacer bien? — Sonrió dándole entrada a seguir bromeando.

— La verdad me deja en dudas porque lamento tocarla sin querer pero en el fondo me gustaría tocarlos completamente.

— ¡Es buena respuesta! — La señora se abotonó la blusa de su vestido sin dejar de verlo.

— Esa facera suya es bonita.

— ¿Cuál?

— Ese coqueteo suave y tierno.

— ¿Le parece que estoy coqueteándole?

— ¿Me equivoco? Si es así, le pido perdón.

— No pida perdón. Debe ser que envidio la relación que tiene con mi hija. No me haga caso. Debe ser que pronto entraré en la menopausia.

— ¡Tan joven!

— Ni tanto, pero imagino que me esperan días duros.

— Si puedo servir en algo, aunque sea para conversar, no dude en buscarme.

— Sigo comprobando la razón que tiene mi hija para apreciarlo tanto. — Le colocó una mano sobre el antebrazo y se puso a acariciarlo. Luego, se acercó para decirle a voz baja. No sabe cómo me gustaría aceptar su invitación. A veces me siento tan sola y necesito desahogarme con alguien.

— ¡Entonces! No lo dudes, si necesita mis oídos, ahí estarán para usted.

En ese momento, se escuchó a las mujeres entrar en la casa grande. Rosa María, agarró a la niña y se la dio a la sirvienta.

— Supongo que debes estar muerto de sueño. Te mostraré el lugar donde dormirás.

Mientras caminaban, la mujer llevaba una linterna de mano alumbrando el camino en la oscuridad. El cuarto no era muy grande, apenas cabía una cama, una mesita de noche y un estante para guardar la ropa. Estaba al costado de un almacén de alimentos. Cuando llegaron al lugar, la chica que supuestamente, se encargaría de atenderlo, terminaba de arreglar las sábanas. No había electricidad y por eso, utilizaban una lámpara de gas. Al presentar a la jovencita, el chico se sorprendió porque la joven era muy guapa. Inclusive, se podría decir que entre ambos la sorpresa fue, agradable. No se quedó mucho tiempo y se retiró poniéndose a la orden. La mujer era una de las empleadas fijas y tenía su habitación no muy lejos.

Al quedar solos, Roque quizás por los tragos que tenía en su cuerpo. Agarró de la cintura a la chica queriéndola besar. La mujer lo detuvo en seco y le suplicó que en el rancho fuera muy medido. Su padre era bueno, pero si sabía lo de su relación, el trato sería otro. Con esa advertencia, el joven puso un freno a sus instintos y se quedó tratando de comprender la situación. Se despidieron y le adelantó que, posiblemente, a eso de las cuatro, comenzaría a escuchar ruidos. Era la hora que todo el mundo, sobre todo las mujeres, comenzaban a preparar la comida para los trabajadores.

Aunque estaba cansado, el tipo no pudo cerrar los ojos rápidamente. Se quedó meditando ese primer día. Varias cosas habían llamado su atención: la manera de comportarse de Rosa María al estar solos y ante los demás, el padre que parecía todo un tipo, pero parecía que la hija le temía; la madre y, su extraño, afecto hacia él. Sin contar la cantidad de mujeres guapas que aparecieron en la hacienda, varias de ellas atrajeron su mirada y entre todas, una en especial que no dejó de mirarlo toda la velada. Según supo, era una amiga de Rosa María que vivía en el pueblo vecino.

De repente, escuchó unos golpes suaves en la puerta y una voz que pedía permiso para entrar. Roque, pensó de inmediato que era, Rosa María que había cambiado de opinión y volvía, como la noche anterior. El chico se quitó, la sábana para mostrarse en calzoncillos y coquetear.

— ¡Entra!

La sorpresa fue enorme cuando descubrió que no era la amiga. La joven que tenía la obligación de atenderlo, había olvidado de colocar un pichel con agua y una bacinica para que no saliera a orinar. Las culebras se movían mucho por los alrededores.

— ¡Perdón! — Dijo y sonrió al verlo en ropa íntima. Se me olvidaron éstas dos cosas. Le mostró la jarra con agua y el recipiente para las necesidades.

— ¡Disculpe! — Se volvió a cubrir.

— Descuide. Estoy acostumbrado a ver a los hombres casi, desnudo. — Bajó la voz y agregó: el patrón lo hace a menudo y hasta pide, otras cositas.

— Sí, pero le pido, disculpas.

— Patrón, no diga eso. Mire que me pueden echar si dice que no lo atiendo cómo se debe.

— ¡Entiendo!

— ¡Veo que no tiene sueño!

— Estoy cansado, pero no tengo sueño. Quizás, es por ser un lugar nuevo. Sin embargo, usted tiene que madrugar.

— ¡Yo estoy acostumbrada! Será que necesita otro trago. Puedo, conseguírselo si lo desea.

— No, gracias. Puedo perder la cabeza.

— No pasa nada. ¿Quiere seguir hablando?

— ¿No le molesta?

— No, la verdad me gusta. Por estos lados no llega, mucha gente nueva. Hablar con gente es bonito porque se puede enterar de muchas cosas.

— Entonces, ponte cómoda. ¿Qué quieres saber?

La joven se sentó sobre el borde de la cama y al cruzar las piernas, mostró parte de ellas. Eran blancas y gruesas. El joven no pudo evitar apreciarlas, pero disimuló.

— ¿Cuénteme cómo es la ciudad de dónde viene?

El chico comenzó a describir el lugar con lujo de detalles y algunas anécdotas interesantes. La mujer lo veía con mucha admiración y enamoramiento. En un momento dado, el joven tosió a causa de la conversación. La garganta se le secó. La mujer se apresuró a servirle un vaso con agua. Al ingerir el líquido, varias gotas salieron de los labios. La chica agarró una toalla pequeña y se puso a secarle el rostro despacio. En ese gesto, sus cuerpos se toparon y, en un instinto natural, el muchacho, levantó una mano y acarició el seno. La mujer no portaba sostén.

La mujer al sentir el contacto, solamente sonrió como, diciendo que esperaba ese gesto,

— ¡Perdón! Lo hice sin pensarlo.

— No se preocupe. No me ha molestado. Hasta se podría decir que lo hice a propósito para saber si estaba soñando y usted era un hombre.

— ¡Creo que vas que limpiar de nuevo el rostro! — El joven volvió a beber agua y a propósito dejó que el líquido corriera de nuevo.

La chica sonrió y se acercó, de la misma manera. La mano se volvió a posar sobre el seno, pero en esta ocasión se puso a jugar con él.

— ¡Sigues soñando! — Se puso a utilizar ambas manos poniendo énfasis en los pezones que parecían dos nances.

— ¡Usted es travieso! — Cerró los ojos y se dejó acariciar.

— ¡Solo, cuando me lo permiten!

— No me molesta, si quiere acariciarlo. Lo único es que mis amigas saben que estoy aquí con usted. ¡Usted sabe, van a comenzar a murmurar!

— ¡Entiendo!

— ¿Si quiere puedo volver con un trago de licor?

La joven le insinuaba que no le molestaba y que estaba dispuesta a seguir, siempre y cuando se hacía de la manera correcta o sea, bajo la buena excusa. La mujer se puso de pie y se cerró el botón que el chico había desabotonado.

— Sabes, me gustaría un trago pero de ron no de tequila.

— ¡Veré si se lo puedo conseguir! Ya vengo.

La jovencita, salió apresuradamente del cuarto. Roque, por su parte, bajó la intensidad de la llama del candil. Como a los veinte minutos, se escuchó que se acercaba. En ese momento, el chico estaba comenzando a dormirse.

La sirvienta tocó suave y con la misma, entró al cuarto. Con una sonrisa nerviosa, le dijo:

— ¡le conseguí lo que quería pero no puedo quedarme mucho tiempo! ¡Usted, sabe! Se acercó para poner la botella, un vaso pequeño y unas rodajas de limón en la mesita.

— ¡Pensé que ya no vendrías!

— Por estos lados no toman mucho ron.

— ¿Pero, no voy a tomar solo? ¡Acompáñame!

Tipo se sentó en el borde de la cama e invitó a la chica para que se sentara a su costado.

— Pero no puedo tomar mucho. El trago no me cae muy bien. ¿Usted puede tomar todo lo que quiera?

— Entonces, solamente tomemos unos cuantos. ¿Te parece? Sé que tienes que madrugar.

— Sí, pero no importa. La patrona se enojará si no lo atiendo como se debe.

— ¿Y cómo debes atenderme?

— La verdad, solo conozco una. ¡Como al patrón le gusta!

— Entiendo. Entonces, hazlo, igual.

— ¿De verdad?

— Me dices que es la única manera que conoces. Imagino que no te molesta y te sientes cómoda.

— No me molesta porque ya me acostumbré.

— ¿No entiendo?

— Al patrón le gustan cierta cosas que las hago porque es él. Creo que de otra manera, no lo haría.

— ¿Hablas de cosas sexuales?

— Si se puede decir así…

— Entonces, no te preocupes. Olvida eso.

— ¿De verdad? Pensé que quería eso.

— No te puedo negar que me pasó por la mente, pero escuchándote, no me parece correcto.

— La verdad no me molestó que me tocara. Como, le dije: usted es nuevo, guapo y se irá pronto. Cualquier mujer estaría contenta de tener algo. Una experiencia diferente que sólo está al alcance de mujeres como la patroncita.

— ¡Entonces, hasta cierto punto, lo deseas!

— Sólo si usted lo desea. — Se tomó un trago y agregó. Yo no soy tan bonita como la patrona.

— La belleza no tiene comparación. También, eres mujer y puedes ofrecer lo mismo que ella.

— ¿De verdad lo cree? ¡Aquí tiene el trago!

Roque, agarró el vaso y se tomó la bebida de un solo golpe. Luego, con un gesto delicado, empujo a la joven sobre la cama y esta se dejó caer con una sonrisa en el rostro. Se puso a jugar con los botones de su vestido que estaban cerca de sus senos.

— ¿Si no quiere acariciarme, está bien?

— ¿Cuántos minutos tienes? — Le colocó una mano en las piernas y se puso a acariciarle.

— No muchos pero los suficientes para usted.

— Entonces, creo que no debemos perder tiempo.

— ¿Usted manda? — La muchacha abrió las piernas y levantó el pecho para mostrarle lo pronunciado de los senos.

Desde ese momento, Roque no habló más y se puso a acariciarla. A los diez minutos, la mujer estaba empapada de sudor y vibrando como una gelatina. No había tenido necesidad de hacer el amor para hacerla descubrir otra faceta del sexo.

— ¡Creo que debo marcharme! — Apretó los labios de felicidad.

— Eres una joven muy guapa. Imagino que tienes más de alguno de tras de ti.

— Los patrones no me dejan salir mucho. Hay unos trabajadores que me buscan, pero le tienen miedo al patrón.

— ¿Al patrón?

— El es muy posesivo.

— ¿No tienes miedo de quedar, embarazada?

— Antes, sí; hoy no. La señorita nos consigue pastillas para evitar los embarazos no deseados. Unas para tomarlas antes y otras, por si acaso pasa sin tenerlo planeado, como suele suceder a menudo. Creo que ahora si es hora de marcharme. ¿No puedo seguir hablando? ¿Algo más?

— No, está bien. Gracias. Me gustó hablar contigo.

— A mí también. — La chica sonrió porque lo que mas le había gustado habían sido las caricias.

A las cuatro en punto, con el canto del gallo, la hacienda comenzó a tener vida. Roque se despertó y se levantó a la sorpresa de todos. El joven no se sorprendió que de las mujeres de la casa, la única que estaba de pie, era Esmeralda, la patrona. Rosa María, por su parte, se levantaba más tarde. La Doña como le decían a **Esmeralda**, se encargaba del teje y maneje de lo relacionado con la casa.

Roque se puso a ver como ordeñaban de las vacas. Ahí, encontró a don **Ramón**, el padre, quien al verlo levantado le invitó a conocer la hacienda. Ensillaron otro caballo y salieron a paso lento. El señor no mostraba signos de resaca pero al acercarse, la patada a licor se sentía fuerte.

Ese día, comenzó a conocer el manejo de la hacienda. Los trabajadores se pusieron a la disposición como si fuera otro patrón. De igual, manera, a eso de las diez de la mañana, don Ramón desapareció con la excusa que iría a hacer una visita de cortesía.

Todos sabían a dónde iba y se pusieron a reír a sus espaldas. Según supo, todas las mañanas hacia lo mismo. Se iba a visitar una de sus queridas. En la ausencia del dueño, algunos capataces se abocaron al joven para tomar una decisión. El chico se puso el traje salomónico y compartiendo la responsabilidad con los trabajadores, tomaron la mejor decisión. La gente, desde el inicio lo aceptó, como otro patrón al ser muy cercano a la hija.

Por la tarde, visitaron una posa de agua para darse una zambullida y llegaron con el sol en el horizonte a punto de irse a dormir. Le sirvieron la cena y mientras, comían, Rosa María recibió una visita. Un tipo bastante apuesto y algo, petulante. A todas luces, se veía que estaba detrás de los huesos de Rosa María con el beneplácito de los padres. Cuando se presentaron, el apretón de mano muy varonil, puso de manifiesto las intenciones.

Roque conversó unos minutos y luego, los dejó para poder ver despierta a la princesa. Al principio, no le dio los brazos y lloró; luego, por la insistencia de la joven que la cuidada. La niña aceptó y al murmurarle la canción que cantaba para hacerla dormir, todo cambió. Después, no se quería apartar de él. La pequeña había reconocido la voz y este tuvo que dormirla en sus brazos. En ese momento, la madre de Rosa María y la nana, comenzaron a unir cabos.

Esa noche el cansancio lo atrapó y bajo ese pretexto se retiró al cuarto. Don Ramón, hizo la invitación para que lo acompañara al siguiente día para recorrer otra parte de la hacienda. Cuando llegó al dormitorio, estaba arreglado y hasta, tenía unas flores. No pasó por su mente que hubiera sido, Rosa María porque no era muy dada a las plantas. En su apartamento, todas las plantas se le murieron.

Como a la media hora, Rosa María llegó y Roque, en su interior, sabía que llegaría.

— ¡Hola! — Lo saludó con una sonrisa que decía mucho.

— ¿Qué pasa?

— Quería decirte una cosa. — Se sentó en el borde de la cama para hablar más suave.

— ¡Me dirás que tienes un pretendiente! Me di cuenta. Lo hubieras dicho con anticipación. Ahora, entiendo ¿Por qué? La distancia en el carro. Tenías, miedo que el chofer contara algo.

— Sí.

— Sin embargo, me buscaste en el cuarto. ¿Qué pasa? ¿A qué juegas?

— Es por insistencia de mis padres. Ese tipo de hombre, machista, no es mi tipo.

— ¿De verdad? Al contrario, por lo que te ha pasado. Diría, lo contrario.

— Además, al momento que, sepa mi verdad, todo se acaba. Dice que quiere tener más de una docena de hijos. Tú conoces mi situación. Además, ni loca me pondría a tener hijos como coneja.

— ¿Ya pasaron al segundo nivel o lo mantienes en el primer piso?

— Por su parte, estuviera en el último nivel. Lo llevo de a poco.

— ¡Estás, metiéndote en camisa de once varas! Mejor, corta eso por el lado más delgado. ¿Quieres que inventemos algo? Tenemos pruebas.

— No sé cómo reaccionarían, mis padres. Mejor, te mantengo separado de todo esto, para que no salgas salpicado.

— Eso significa que entre los dos, no puede haber nada. Nada de nada.

— Por el momento, creo que es mejor que no. Aunque no cierro las puerta. Lo que pasó en el hotel, me gustó mucho.

— ¡Aquí estoy!

— ¿Te están atendiendo bien? — Agarró el recipiente con agua y tomó bastante. ¡Está haciendo mucho calor! Le diré a Eva que te traiga más.

— ¡Eva! No conocía su nombre.

— Ya te fijaste que está, linda. ¡Ten, cuidado! Te tengo vigilado.

— No pasa nada.

— ¡Te conozco, mosco! Estoy bromeando. Lo que pase o no pase; es asunto de ustedes. Aunque, yo reservo la primera plaza.

— ¡Te dejo descansar porque parece que mi padre, tratará de mantenerte alejado de la casa! — Sonrió.

— Así, parece. No habrá besito de buenas noches. — Se puso a acariciarle las piernas debajo de la falda.

— ¡Espérate! — Se levantó y abrió la puerta para asegurarse de que nadie estaba escuchándolos. Luego, regresó y se sentó en la misma posición. Cómo diciendo, continúa en lo que estabas haciendo.

Se besaron y el beso se eternizó. La excitación subió y con las caricias, el chico supo llevarla hasta el cielo. La mujer se apartó suspirando fuerte.

— ¡Esos besos tuyos son potentes y ricos! Mejor me voy porque, de lo contrario, me quedo. Me has dejado en el cielo. ¡Buenas noches, tocón!

Cuando la chica se marchó, a los minutos llegó Eva con el recipiente de agua y con un trago de licor acompañado de una rodaja de limón.

Al entrar, lo miró con una sonrisa pícara y le dijo:

— La patrona me dijo que le trajera esto. — Colocó el recipiente de agua en la mesa de noche y como el muchacho estaba sentado sobre el borde de la cama. Se le quedó viendo la parte de atrás mientras se reclinaba para depositar el recipiente con agua y la botella de licor, el vaso de vidrio y el limón.

— ¿Quiere que se lo preparé? — Le preguntó sin voltear a verlo. Ella sabía que la veía como hombre.

— No sé, no estoy acostumbrado a beber solo. Tal vez, si me acompañas.

— Para eso tendría que ir por otro vaso y no sé si a la patrona le gustaría.

— Entonces, no vayas. No quiero que tengas problemas por mi culpa.

— ¿Si no le molesta que beba del mismo? A los hombres no les gusta.

— ¿Por qué?

— Dicen que corren el riesgo de conocer sus pensamientos.

— ¡Ah, sí! En todo caso, la que correría el riesgo, serías tú. — Comenzó a tratarla de otra manera, más cercana.

— Bueno. Entonces, no hay problema. — Se puso a servir el trago.

— Así que te llamas Eva. Como la primera mujer de la tierra.

— Si y en muchas cosas, soy como ella. —Le ofreció el trago. La chica se enderezó y colocó los brazos cruzados debajo de los senos. De ese modo, provocaba que se elevaran.

— ¿Por ejemplo?

— Eva, solo conoció, a Adán y el tipo no le hacía caso. Tuvo que, darle la manzana para que se atreviera.

— ¡Pobre Eva! Y muy linda. — Te toca servirte.

— De que le servía ser linda, si no la apreciaba el hombre que ella quería. — Se tomó de una sola vez la bebida y sorprendió al chico.

— ¿No te sientes apreciada, como mujer?

— No mucho. A veces, hace falta un poquito de picante en la vida. ¿Le sirvo otro?

— Sí, pero con una condición. Me quitas el usted, al menos aquí en el cuarto. No soy tan viejo.

— Me pueden regañar. — Se lo dijo, suave inclinándose a él y con la misma dejando que los senos se balancearan.

— ¡Ven, acércate! — La chica volvió a inclinarse y acercar el rostro.

El muchacho le agarró con delicadeza los brazos y acercándose al rostro, le dijo, rozando los labios en su mejilla.

— ¡Estoy un poco encendido! ¿Quieres venir más tarde?.

— Si lo deseas, aquí estaré. ¡Creo que debo irme! No quiero que piensen mal.

— ¡Qué lástima! ¡Quería seguir platicando! ¿Tengo algunas preguntas qué hacerte?

— Yo, tengo una. ¿Qué hay entre la señorita y usted?

— Hay muchas cosas: cariño, amistad y mucha historia.

— ¿Solo, eso?

— ¿A ti, te gustaría que un hombre, hablara de lo que ha pasado contigo?

— ¡No!

— ¿Vas a volver?

— No lo sé, tal vez, al rato. — Sonrió pícaramente. ¿Qué quiere saber de mí? ¡No tardaré!

— ¡Ven y lo sabrás!

— Me voy entonces.

A la media hora, la mujer llegaba caminando con la punta de los pies. Abrió la puerta, despacio y entró, sigilosamente. Al estar dentro, le dijo, recostándose sobre la puerta.

— ¡Aquí, estoy! Me dijo que quería preguntarme algo.

No había luz, pero la claridad de la luna, dejaba ver fácilmente las siluetas de los cuerpos. El muchacho se levantó y quedó frente a la joven. Él estaba en calzoncillos. Al verlo tan cerca, le dijo, poniendo una cara de inocente:

— ¿Usted? Bueno, dijiste que querías preguntarme algo. Sólo, vine por unos minutos. — Bajó la mirada para verlo de arriba abajo. — Sonrió, con cierta malicia. Luego, se colocó las manos detrás de su espalda provocando que su pecho se levantara.

— ¿Los mismos minutos que anoche? ¡Tengo varias preguntas que hacer! — Se acercó para quedar a unos centímetros de distancia. ¿Te gusto? ¡A mí me gustas mucho!

— Sí. ¡Unos minutos más que ayer! — Sonrió. ¡Tú no eres como el patrón! ¡No eres tan brusco!

— Entonces, trataré de ser acomedido con mis caricias. — metió las manos bajo la falda y comenzó a tocar el cuerpo de la chica.

— No me imaginaba que se sintiera tan bien. — Le susurró mientras se movía sexualmente.

— ¡Hoy estoy muy encendido!

— Entonces, no se detenga hasta apagar la llama. ¡Estoy preparada!

En ese momento, las palabras dejaron espacio a las caricias y ambos cuerpos comenzaron a bailar al son de las caricias. Como a la hora, la chica volvía a su cuarto, de la misma manera que llegó, sigilosamente. Antes de marcharse, le pidió que llegara a despertarlo por la madrugada. Tenía un compromiso con el patrón.

Muy obediente, antes de que cantara el gallo, la mujer estaba entrando en el cuarto. Se acercó para despertarlo y al reconocerla, le pidió que se acostara sobre él. No le repitió el pedido y la mujer, quitándose la ropa se acostó sobre el muchacho. En ese momento, la chica aprendió a cabalgar sin caballo.

Roque se levantó y se dirigió a la cocina en busca de una taza de café. En ese momento, Esmeralda estaba trabajando. Al verlo llegar, le saludó y le pidió que se sentara para servirle un café. Al llevar, el líquido caliente, volteo a ver hacia todos lados para asegurarse de que no hubiera nadie cerca. Se sentó muy cerca del joven y le dijo:

— Necesito decirle unas cuantas palabras. No he tenido la oportunidad de agradecerle todo lo que hizo por mi hija y mi nieta. — Le colocó sus dos manos, sobre una mano del joven.

— No tiene nada que, agradecerme. Lo hice con mucho placer. — Se lo dijo a baja voz. — Colocó su otra mano, sobre las manos de la señora. Y esta, no dijo nada.

— Sé que es un hombre, bueno, pero el corazón de las mujeres nadie puede dominarlo. Si no, dígamelo a mí. — Suspiro con cierta tristeza.

— ¿Se arrepiente de haberse casado? — Se acercó más. Sin proponérselo, al mover una rodilla, la colocó bajo la pierna de la mujer.

— ¡Era muy joven! ¡Dieciséis años! — Trató de disimular y alejó la pierna de la rodilla del joven.

— ¡Como le dije: ha sido un placer ayudar a su hija y a su nieta! Sé dónde me encuentro y puedo asegurarle que he venido únicamente a cerrar un círculo de mi vida.

— ¡Lástima que mi hija no siente lo mismo que usted! ¡Creo que viviría mejor por esos lados! ¡Aquí no hay mucho futuro!

— ¡Tiene a su padre y madre!

— En la vida no es suficiente. Si se queda terminará con alguien como su padre y me temo que no será feliz. ¡Usted es diferente!

— Los sentimientos no se pueden mandar. Hay que comprenderla. En este momento solo soy un amigo más que está de paso. ¡Yo no me hago problemas por eso! Estoy consciente de mi situación y como le digo, pronto me marcharé.

— ¡Lo vamos a extrañar mucho! Sabe, en cierta forma envidio a mi hija. Tener un amigo como usted, debe ser muy bonito. Yo nunca tuve ese privilegio.

— Esos privilegios también traen riesgos.

— No me hubiera importado correrlos. También, traen alegrías. Huellas que a la postré endulzan el alma.

— Eso es verdad, con su hija hay huellas que nadie podrá borrar jamás. Sin embargo, tengo que ser honesto y entre los dos, solamente, hay una amistad muy fuerte.

— ¡Lo sé y le agradezco que la quiera tanto!

En ese momento, las piernas se toparon de nuevo y el chico sacó una mano y se puso a acariciar su pierna. Los dedos de la mano, sobaban delicadamente la pierna de la mujer. La dama no apartó un ápice su muslo, demostraba que le gustaba sentir el contacto masculino.

— Sabe, si fuera mi amiga... en este momento, me gustaría abrazarla fuerte.

— ¿De verdad? ¿A esta vieja?

— ¡Viejos los caminos! Para la amistad no hay edad.

— Para ser sincera, no sabe cómo me gustaría que me abrazara. ¡Creo que la menopausia me está alborotando las hormonas!

— ¡Quizás, un día de estos me permita ese gesto!

— ¡Me gustaría! Aunque lo veo imposible. Mi marido me mata si lo sabe; pero, gracias por la intención. Hablando del diablo... ¡Ahí, vine! — La mujer se levantó de la mesa y se dirigió a la cocina de leña.

En ese momento, se escuchó la voz del patrón. Cuando entró al lugar, La mujer estaba sabiamente de espaldas al joven y moviendo unas brazas en la hoguera.

Don Ramón al poner un pie en la cocina y, verlo, tomando la taza de café, dijo:

— ¡Se levantó! ¡Qué bueno!

Volteó a ver a la mujer que, estaba, de espaldas a él y se dirigió a ella. Al estar detrás, con sus dos manos, apretó fuerte cada nalga y le dijo:

— ¡Vieja! Prepáranos un buen desayuno. Hoy, llevaré al joven a la parte profunda del terreno.

La esposa hizo un gesto de desagrado al sentir las manos del marido. La acción estaba fuera de lugar. Volteó a ver al visitante de reojo y notó que el chico había volteado el rostro a su taza de café para evitar que se sintiera mal. La mujer apreció esa discreción.

El señor, como nada, se sentó en el otro extremo de la mesa y agregó:

— Hoy le mostraré una de las partes más hermosas de mi hacienda. Iremos a la parte norte. Ahí hay mucha planicie y el pasto es abundante para el ganado. En ese lugar agrupo la mayoría del ganado.

— No es peligroso tener todo el paquete en el mismo sitio. No sería mejor repartirlo.

— Se ve que es novato en estas cosas. Al contrario, teniéndolas juntas me ahorro mucho.

Como a la media hora, salían a galope de la hacienda. El cielo estaba un poco nublado y el señor dijo:

— ¡Pareciera que va a llover! Ojalá, no sea una tempestad.

Durante el camino, pasaron varios riachuelos y varios lotes de ganado. Luego, llegaron a la casa de uno de sus trabajadores. Solamente, estaba, la esposa con unos niños pequeños. Parecía que la mujer los estaba esperando porque sacó unas botellas de licor artesanal. En cierto momento, pidió a los hijos que llevaran al joven a conocer una caída de agua, no muy lejos del lugar. La idea, era quedarse a solas con la mujer.

A la media hora que regresaron, se notaba que habían estado juntos. La mujer no hallaba donde colocarse queriendo hacer una y otra cosa. El señor estaba, bastante hablador a causa de todo el licor que había tomado. Se despidieron y siguieron su camino.

En el transcurso, don Ramón, le dijo en tono serio:

— Mire, muchacho. Roque se llama, verdad.

— Dígame.

— ¿Me gustaría saber si entre mi hija y usted hay, algo? Digo, entre hombre y mujer.

— ¡Le ha dicho algo ella!

— No. A ella, no tengo ¿por qué preguntarle?

— Entonces, no hay nada que, decir. Solamente, somos buenos amigos. ¿Por qué pregunta?

— Antes de que llegara, ella se había comprometido para casarse con el joven que llegó a visitarla hace poco. Sin embargo, según mi mujer, quiere romper el compromiso. Por estos lados, no encontrará un mejor partido. Tiene tierras, dinero y no es feo.

— Entiendo.

— Creí que era por su presencia. Ella se expresa muy bien de usted.

— En verdad, no tenemos nada. Y para ser honesto, no creo que sea el tipo de hombre que, ella, busca como pareja. Usted sabe que es muy especial.

— Igual que su nana. Sin embargo, igual que domé a la mía; ella encontrará a alguien que la dome. Las mujeres deben tratarse con mucho, carácter; si no, se montan en uno. — El tipo sacó todo el machismo que llevaba dentro.

En ese momento, comenzó una lluvia muy fuerte. Mientras, regresaban a casa, Roque decidió que lo mejor era, cortar las vacaciones. Se propuso, marcharse dentro de tres días. El domingo.

La lluvia se puso a caer más fuerte y el señor le pidió que aceleraran el camino porque los riachuelos comenzarían a crecer. Cabal, al llegar al primero, se veía como el agua había crecido el cien por ciento. Al llegar al último, la cosa estaba peligrosa. La corriente era fuerte y los caballos se negaban a cruzar. Sin embargo, a golpes, hicieron que se aventuran.

El señor pasó con mayor facilidad, pero el caballo de Roque se negó a seguir y se plantó en medio del río. Luego, al sentir las puyas de las espuelas, se puso a relinchar. El jinete que no esperaba esa reacción, cayó de bruces al agua. El agua arrastró a ambos y, en ese momento, Roque pensó, lo peor. Por suerte, don Ramón tenía mucha experiencia. Corrió con su caballo y se fue a esperarlo, río abajo. Al pasar a su lado, le lanzó una soga y como un toro, lo lazó. De esa manera, logró sacarlo con algo de dificultad. Al final, terminaron llegando a la hacienda en un solo animal.

Al verlos empapados, lo primero que hicieron fue, servirles algo caliente. Luego, algo de comer. Narraron la anécdota y se rieron un poco, de esa aventura. Don Ramón tenía su talento al contar historias. Claro que en esta ocasión el chico sirvió de chico expiatorio.

En momento dado de la conversación, Rosa María que se veía molesta, no se aguantó y dijo:

— ¡Mira papá! Yo sé que para ti no es nada y hasta lo tomas a broma. Sin embargo, lo que acaba de pasar es grave. Roque no es de estos lados y no maneja bien el jineteo. ¡Gracias a Dios no pasó nada que lamentar! No quiero ni pensar que hubiera pasado si sale lastimado. Los hospitales están lejos y cobran una barbaridad. Te pido que no vuelvas a sacarlo.

— Sí, Ramón. Tu hija tiene toda la razón. Nuestro invitado no está acostumbra a ladear con estas tierras. ¡Eres un desconsiderado!

El señor que se había mantenido callado, no aguantó más la reganada y comenzó a levantar la voz.

— ¡Ya estoy harto de ustedes dos! ¡Son unas cacatúas! El joven no ha dicho una sola palabra. Ni siquiera lo han dejado abrir la boca para defenderse como un hombre. Él no necesita dos viejas que lo estén protegiendo. Si tiene algo que decir que lo diga como todo un hombre.

En ese momento, se escuchó la voz de Roque con todo duro y grave.

— ¡Por favor! Les suplico que no peleen por mi culpa. En cierta manera, Don Ramón tiene toda la razón. — La familia al escucharlo se quedó sorprendida. Nadie me ha obligado a acompañarlo a las tierras y lo que pasó podría haberle pasado a cualquiera. Los riesgos siempre estarán presentes en cualquier parte. En mi ciudad, me puede atropellar un carro, una bicicleta o simplemente, caerme en los rieles del tren. Vuelvo y les repito, no se preocupen. No ha pasado nada. Para tranquilidad de ustedes dos, les prometo ser más precavido y montar menos los caballos.

— ¡Ven! El hombre sabe defenderse y no necesita que lo protejan tanto. Por mi parte, esta conversación está terminada. Que tengan buenas noches. — El señor se levantó de la mesa y se metió a su dormitorio.

— Esmeralda se puso de pie y comenzó a levantar los platos. Rosa María se levantó de la mesa y se dirigió al cuarto de la pequeña. Roque, por su parte, se quedó bebiendo el último sorbo de chocolate caliente.

A los minutos, salía Rosa María con la niña en sus brazos. Se le quedó al joven y, como si no hubiera pasado nada, le dijo a la pequeña.

— ¡Miren bien a su tío! Por poco la deja huérfana.

El chico sonrió y al levantarse hizo un gesto de dolor, luego se toco las costillas. En ese momento, se unía al grupo la mamá y, al verlo, miró a la hija. Con los ojos le dijo que se ocupara del chico.

— ¡Por lo que veo, esa arrastrada dejó huellas!

— Simples moretones, nada que lamentar.

— ¡Déjame ver!

La chica ofreció al bebé a la abuela y se dirigió al chico. Levantó la camisa y comprobó que tenía algunos golpes. Puso el dedo en cada morete y presionó para ver si había alguna costilla rota. Con cada apretón, el chico aturraba el rostro en signo de dolor.

— Por lo que veo, solo son moretes. Nada que lamentar. Sin embargo, voy a curarte. Dile a la muchacha que me lleve el botiquín al cuarto de Roque. — Se dirigió a la mamá.

— ¡No es nada! No te preocupes.

— Deja de hacerte el machito y déjame curarte. — Ambos se dirigieron al cuarto.

A los minutos, la muchacha llegó con el botiquín y una botella de ron.

— ¡Gracias! Puedes retirarte, me encargaré de cuidarlo. ¡Buenas noches!

La empleada obedeció y se retiró de la escena. En ese momento, Rosa María le quitó la camisa y comprobó que había más golpes.

— ¡Por lo que veo, estas mas jodido de lo que pensaba! Por lógica, deberías de tener más golpes.

— No de gravedad, tengo unos en las rodillas y en las piernas.

— ¡Te quitaré el pantalón y veré!

— ¡No estás obligada!

— No lo hago por obligación. Digamos que me siento responsable de ti; además, te recuerdo que tú me cuidaste cuando estuve enferma. Hoy es mi turno de devolver algo de lo que hiciste.

— ¡Pensé que era por otra cosa! ¡Querías desnudarme!

— Eso está de sobra porque tú sabes muy bien que me gusta ver tu cuerpo. No necesito pedir permiso para desnudarte.

— ¡Ya que la estás haciendo de enfermera! A lo mejor, podrías dar cuidados especiales al enfermo. — Le acarició los senos.

Como estaba tocando las rodillas, la mujer sonrió y se inclinó un poco. Luego, puso la mano en el tesoro nacional del chico y acariciándolo, dijo:

— Parece que a esta parte no le pasó, nada. — Sonrió, pícaramente.

Después, la mujer se precipitó sobre el joven y puso ambas manos sobre las costillas. Las puso, a propósito, sobre los moretones. El muchacho al sentir el peso hizo gestos de dolor.

— ¡Eres mala!

— No que querías hacer cositas. Primero, cúrate y luego, veremos.

— Yo pensaba en otras cosas.

— No pienses con la de abajo. ¡Creo que por ahora, sobrevivirás! Tienes prohibido de montar a caballo.

— ¡Está bien!

La chica se salió del cuarto y al llegar a la casa grande, vio que su madre se encontraba refrescándose en la hamaca del patio.

— ¿Cómo está?

— ¡Sobrevivirá!

— ¡Qué bueno! La niña se durmió.

— ¡Yo haré lo mismo! Este día ha sido de locos.

— ¡Buenas noches!

En ese momento, una llovizna comenzó a caer en el lugar y a pesar de eso, el calor no bajaba. Se sentía húmedo y pegajoso. A los minutos, la mujer decidió entrar a la casa y, en ese momento, de reojo pudo observar una silueta que entraba al cuarto del chico herido. La señora se dijo: « ¡Qué raro! ¿Por qué la muchacha entró al cuarto de esa manera? La joven parecía que se introducía de manera ilegal al lugar. ¿Sera que Roque se sintió mal? ¡Iré a ver!

Cuando se acercó al lugar, vio que una luz se encendió en el interior. Como el almacén estaba al costado, pensó en introducirse para escuchar, sin ser sorprendida. En la entrada del lugar había una lámpara de mano y con ella se abrió camino hasta llegar a la pared junto a la habitación. Se sentó sobre unos sacos de maíz y trató de afinar el oído. Al no escuchar nada, buscó una hendidura para observar. Para su sorpresa, descubrió a la chica sentada sobre la cintura del chico moviéndose con delicadeza. El hombre la agarraba por las caderas y la levantaba suavemente; luego, se puso a acariciar los senos. En ese momento, la muchacha comenzó a soltar algunos gemidos de placer. La película se introdujo en la mente de la observadora y a su vez, comenzó a excitarse hasta que sintió que en sus piernas unas líneas de líquido bajaban abundantemente. Suspiró profundo y se asustó. Como pudo salió sin hacer ruido del lugar y se fue para la hamaca. Desde ahí observó como la jovencita salía del cuarto del enfermo.

En ese momento, sintió mucha tristeza en su alma. Su orgullo de mujer había sido maltratado. Pensó, « ¡Hasta mis sirvientas son más felices que yo, como mujer! Ellas son más atrevidas, yo aunque quisiera no lo haría». En ese momento, hubiera deseado que un hombre la tuviera en sus brazos para consolarla. Cerró los ojos y intentó dormir. Sin embargo, la escena sexual venia una y otra vez a su mente. El deseo fue tan grande que terminó masturbándose en la hamaca. Después de eso, se volvió a sentir triste por tener que llegar a las caricias para apagar su fuego interior.

En la cama y con su marido roncando, pensó: es la primera vez que veo a una pareja hacer el amor. En un inicio, sentí vergüenza y tuve deseos de huir del lugar. Sin embargo, los sonidos y la manera de amarse, me retuvieron. Se dijo: En esos veinticinco años de matrimonio, mi marido nunca me ha tocado de esa manera. Ellos, solo, utilizaban la posición del misionero y por lo general, no había calentamientos previos ni caricias.

Al día siguiente, llovía a cántaros y por eso, nadie salió a trabajar. La familia desayunó según se fue levantando. Roque por estar enfermo, tuvo el privilegio de recibir el desayuno en la cama.

Don Ramón se levantó mal humorado y no le importó la lluvia, salió a dar una caminata por los sembradillos. Antes de marcharse, sin pensarlo, le dijo a la esposa que preparara un buen guisado para el sábado para celebrar el regreso del joven. También, le dijo que avisara al conductor para que no se comprometiera el domingo y el chico pudiera llegar a tiempo a su vuelo.

Esmeralda, se que quedó en las nubes porque no sabía nada del cambio de planes. Supuestamente, faltaba todavía una semana. Buscó a la hija para preguntarle si sabía algo de la noticia. Igual que ella, se sorprendió y, al mismo tiempo, se fue a buscar al susodicho.

El chico les confirmó y les agradeció las atenciones. Puso varias excusas que ni el mismo se creyó. Sin embargo, aceptó que, quizás, su presencia no había provocado la mejor respuesta en Rosa

María. «A veces, las huellas de nuestro pasado nos juegan malas jugadas». — Lanzó, al aire, en forma de una reflexión.

Las dos mujeres trataron de hacerlo cambiar de opinión sin lograrlo. El muchacho parecía decidido. La marcha era inminente.

Rosa María sintió una tristeza profunda, pero en el fondo sabía que era lo mejor. Sus ojos se llenaron de lágrimas y para evitar que la viera llorar, dijo:

— ¡Tres días! Solo eso queda para que te marches. Iré a ver a mi hija que se ha quedado sola.

La chica salió del lugar y desapareció bajo la lluvia. La madre que, la había acompañado hasta el cuarto, no sabía qué decir. Por eso, Roque dijo:

— ¡Es mejor así! Yo vine por una respuesta y desde que llegué la obtuve. Solo era cuestión de tiempo.

— ¡Lo siento! ¿Espero que se haya sentido cómodo? ¿Lo han tratado, bien?

— ¡Claro que sí! No tengo nada que decir en ese aspecto. ¿Y ustedes?

— Nosotras estamos encantadas. Usted es un hombre muy querido.

— ¿De verdad? — Se le quedó mirando a los ojos y ese gesto provocó cierta intimidación. La piel de la mujer recibió una descarga eléctrica.

— ¡Espero que no lo dude!

— ¿Tiene frío? Veo que sus bellos se han erizado. — El joven acercó la palma de su mano y recorrió el brazo para demostrar su afirmación. La mujer sintió que, su cuerpo recibía una descarga eléctrica. Y respiró, fuerte.

— Siempre, me pongo así. —Estiró el brazo cómo diciendo compruébelo.

Roque depositó su mano y recorrió el brazo a beneplácito de la mujer que lo veía.

— Si no supiera que es la madre de Rosa María, diría que, es su hermana mayor.

— Se parece bastante, verdad. En ella me veo mucho. Hasta nuestras historias se parecen. Yo tampoco pude tener más hijos después de ella. Mi marido se quedó con la esperanza que su hija le diera un varón. Se me complicó el parto; quizás, porque era muy joven y mi cuerpo no estaba muy desarrollado.

— Tuvo a Rosa María muy joven. Eso quiere decir que es muy joven.

— Tengo mis años. Sin embargo, es verdad que, mi marido me duplicaba la edad cuando nos casamos.

— Le diré algo, si usted cree que es vieja se sentirá vieja y actuara como vieja. Yo le digo: usted es una mujer muy hermosa. Siéntase hermosa y viva como tal. La felicidad de una mujer nunca debe depender de un hombre.

— ¡Gracias! Habla muy bonito.

— Ojala, esas palabras no caigan en terreno árido.

— No es fácil dejarlo todo y comenzar a caminar.

— Nada es fácil. Lo importancia es tomar consciencia del hecho y luego, todo vendrá por añadidura. Como una bola de nieve. Comienza con un grano de arena y al rodar se vuelve una enorme bola capaz de pasar llevándose todo a su paso.

— No sé si un día lo intentaré. Aunque, no es fácil aguantar tanto sometimiento y quedarse tranquila. — Suspiró profundo. ¡Es mejor que me vaya! Mi marido no tardará en volver y tendrá hambre. ¡Gracias por todas su palabras!

A eso de las seis de la tarde estaban cenando en familia como si no había pasado nada. Para matar el tiempo decidieron jugar barajas y luego, dados. Al final, terminaron contando historias. Durante todo ese tiempo, don Ramón se terminó una botella de tequila añejado. Alrededor de las nueve, Roque decidió irse a dormir.

A cierta hora, Eva llegó a visitarlo porque el chisme que se marchaba llegó a sus oídos y sintió cierta tristeza. De repente, se escucharon voces alteradas dentro de la casona. Roque quiso averiguar los motivos y se asomó a la ventana para tratar de ver que sucedía. De repente, escuchó unos gritos de Rosa María insultando al padre y luego, escuchó al señor marcharse en su caballo.

La familia había tenido una discusión después del anuncio de Rosa María en relación con la decisión de romper el compromiso. La chica sacó un manojo de razones. Entre las cuales, la principal era que no podía tener hijos por haber quedado estéril.

En ese momento, el padre achacó toda la culpa a la madre y le puso la mano encima. La hija trató de defenderla y el progenitor, de igual manera, le puso la mano encima. Como estaba tomado, Esmeralda no anduvo con cuentos y le pegó un garrotazo en plena espalda. Mientras tanto, Rosa María, agarró la pistola del padre y al ver que iba en contra de la mamá, lo amenazo con dispararle.

El señor no tuvo otra cosa que aceptar su derrota y se puso a insultarlas. Luego, se marchó de la casa tirando todo lo que encontraba a su alrededor.

Cuando las aguas se habían calmado, Roque se acercó a la puerta y preguntó si todo estaba bien. Esmeralda se dirigió a su cuarto y Rosa María salió a contarle todo lo que había sucedido. Luego, se lanzó a los brazos del amigo buscando consuelo. Ambos se quedaron en la hamaca del patio a la espera de la llegada del padre, pero éste nunca apareció.

Por la mañana, a buenas seis, un trabajador encontró el caballo de patrón y dio aviso a la familia. Desde ese momento, se pusieron en su búsqueda todos los hombres. Al medio día, encontraron al señor en unos barrancos en muy mal estado y en estado inconsciente. Se lo llevaron a la casona y ahí mismo, Rosa María y un conductor, lo llevaron al hospital más cercano que quedaba como a cuatro horas de ruta. El temporal se había intensificado y se temía lo peor.

Al final del día, la tormenta había dado un descanso. A esa hora, Esmeralda salió de su cuarto con mucha vergüenza porque tenía el rostro algo inflamado y un ojo con un moretón negro alrededor. Roque al verla, no dejó de sorprenderse.

— No pensé que el golpe había sido tan fuerte.

— En verdad, no fue tan fuerte. La mano del hombre es muy pesada. Eso pasa al defender a los hijos. Sin embargo, es más grande la vergüenza que el dolor. — Sacó una breve sonrisa.

— Pero, se siente mejor. No prefiere seguir descansando. Por el momento, todo está, bajo control.

— Si me atreví a salir fue porque me dio algo de hambre. ¿Y usted ya comió? ¿Le preparo algo?

— Con todo este ajetreo, no he comido nada, pero no tengo mucha hambre.

— Entonces, prepararé algo.

— ¿Quiere que ayude con algo?

— No se preocupe.

— Yo vivo solo y estoy acostumbrado a cocinar.

— ¿De verdad? Bueno, si quiere.

— Hay frijoles, carne asada y algo de arroz. ¿No le molesta picar cebolla? Podemos hacer un chirmol.

— Listo. — El chico se colocó al costado y de inmediato se puso a cortar la cebolla, el tomate y el resto de ingredientes.

Esmeralda al verlo trabajando en la cocina, algo que en esos lugares era impensable para un hombre, sintió una sensación de confianza.

— ¿Está muy mal, verdad? — Hacia referencia a su marido.

— Bastante. Creo que tenía unas costillas rotas, unos golpes en la cabeza y lo peor, no tenía sensibilidad en la parte bajo del cuerpo. Si se salva, me temo que quedará paralítico.

— ¡Dios no lo quiera! — Se quedó en silencio. Luego, preguntó: ¿Cree que es malo no sentir lástima por alguien? No me provoca llorar. ¡Tan mal estaré!

— Se cosecha lo que se siembra.

— Puede ser. ¡Nunca desearía mal! Es mi marido. A pesar del maltrato que ha dado durante el tiempo de matrimonio, no le deseo mal. Se podría decir que es parte de la cultura de este pueblo. Nadie le enseñó cómo tratar a una mujer. El machismo en este país es muy fuerte. Ya se habrá dado cuenta.

— En todas partes existe el machismo. En distintos niveles, pero hay. Yo no me puedo desligar. Y lo peor es que quienes cultivan ese sentimiento, han sido las propias mujeres. En especial, las madres.

— ¡Tiene razón! Nosotros somos parte importante de los principios de nuestros hijos.

El chico se puso a llorar a causa de la cebolla y dijo:

— Míreme. Estoy llorando y no, por eso, quiere decir que soy: mujer o un homosexual.

— Eso, lo tengo bien claro. No se preocupe. — Esbozó una sonrisa de mujer.

— ¡De verdad!

— Me he dado cuenta del atractivo que tiene con las mujeres. Mi hija no es la excepción. ¿Por qué no se ha casado?

— Digamos que no he encontrado, la mujer. No estoy peleado con el matrimonio, pero sucede que siempre he puesto los ojos en la mujer que no debe ser.

— Lo dice por mi hija. Ella lo quiere y aprecia mucho.

— Lo sé y también, la quiero y aprecio. Sin embargo, entre los dos el mejor entendimiento ha sido mantenernos como amigos.

— ¿No han tenido nada más? Digo, los dos son adultos y no sería de extrañar. En estos días, no es como antes. Yo me casé virgen y no tuve más hombre que mi marido. Las mujeres de ahora, no necesitan ir vírgenes al matrimonio. Ni se casan.

— Si usted hubiera tenido la oportunidad, se volvería a casar, con su esposo.

— Ni loca. Me fuera para otra ciudad como mi hija y trataría de vivir otro tipo de vida. Más libre.

— Entiendo. ¡Comemos!

La pareja se sentó a la mesa, uno al costado del otro. Al prepararse los tacos, la mujer se resintió porque le dolía la mandíbula al masticar. Se puso a moverla y en ese momento, el joven tomó la iniciativa de verificar para ver si no tenía algo quebrado. La señora se sintió sorprendida, pero a la vez sintió mucha confianza. El joven en su tocar el rostro, terminó admirándolo. Se quedó delineando los labios de la boca.

— No tiene ningún hueso roto. Su rostro es muy suave y sus labios son hermosos.

— ¡Gracias! ¿Seguimos comiendo? — Sonrió con cierto nerviosismo.

— Lo siento, no quise abusar.

— No se preocupe. Imagino que encontró cierto parecido con mi hija. Tenemos, los mismos labios.

— Es verdad. ¡Besarán igual! — Dijo en voz alta el pensamiento que le pasó de pronto.

— No lo sé. Sonrió. Además, yo no soy buena para eso. Casi no me he besado con mi marido. Y lo prefiero así, el olor a tabaco me ofende mucho.

— Eso no es difícil de aprender.

— A mis años, es una locura. Supongo que usted es muy bueno en esas cosas. En las cosas que ocurren entre una pareja. — Lo dijo con cierta vergüenza. Ella no estaba acostumbrada a hablar ese tema con nadie.

— La verdad, no me creo experto, pero como dicen por ahí. Siempre, caigo como gato panza arriba.

— ¡Creo que debe hacerlo muy bien! — Se puso roja. ¡Lo siento, se me salió sin quererlo!

— Veo que no está acostumbrada a hablar de este tema.

— Es la primera vez.

— Gracias por la confianza.

— Al contrario, gracias por comprender a esta vieja inocentona.

— Inocente, tal vez. Vieja, nunca. Usted es muy guapa y cualquier hombre desearía tenerla.

— ¿Usted cree?

— Estoy, seguro. Lo repito, es una mujer encantadora. En lo personal, me encantaría besarla.

Esmeralda se puso nerviosa por el piropo y queriendo salir del problema, dijo:

— Gracias, me hace sentir bien. ¿Qué le parece si tomamos el café en la sala?

— Está bien.

— Pero déjeme atenderlo, esta vez.

— Bueno.

Mientras el joven se fue para la sala, la mujer preparó todo y en una bandeja transportó el líquido. En el lugar había una vela en el centro de una mesita. Unas mecedoras formaban un círculo. Le sirvió las dos tazas con café y siguieron platicando. La conversación giró en torno a sueños, deseos y metas a cumplir. Alrededor de las nueve, Roque decidió que era hora de irse para su cuarto.

— Bueno, la conversación está, muy interesante, pero imagino que debe estar muy cansada. Me iré al cuarto.

— ¡De verdad! ¿Tiene sueño? — Se levantó.

— No, pero no deseo, aburrirla y a lo mejor quiere estar sola.

— Ni uno ni otro. No me aburre para nada y su presencia me da seguridad. La verdad, no deseo quedarme sola esta noche. Le molestaría acompañarme.

— Para nada. Con mucho gusto. ¿Segura? Me dijeron que no aceptaban a otro hombre que durmiera en esta casa.

— Esas son reglas de mi marido, pero cuando yo, no estaba; él nunca dormía solo.

— Entonces, me quedaré para acompañarla. Le parece si utilizo la hamaca de la sala.

— ¡Está bien! Luego, le traeré una sábana porque creo que con esta lluvia, hará frío por la mañana.

La mujer se metió al cuarto y a los minutos regresaba con una sábana blanca en la mano. El muchacho estaba sentado con el torso desnudo. Al verlo, la mujer, se le quedó y sonrió.

— ¿Le molesta que me haya quitado la camisa? Tenía un poco de calor.

— No, para nada. —Sonrió. Lo que sucede es que no estoy acostumbrada a ver el cuerpo desnudo de un hombre.

— ¿Quiere que me vuelva a poner la camisa?

— No. Su cuerpo se ve bonito. Yo soy la tonta. Ahora, comprendo ¿por qué? El atractivo con las mujeres. ¡Sé ve muy bien! — Se volvió a poner roja.

— ¿Tiene vergüenza? Se ha puesto roja. Eso se arregla rápido. — El tipo se puso de pie y agregó: cierre los ojos.

La mujer sonrió y obedeció. El joven agarró una mano de la mujer y la colocó en su pecho. Luego, la deslizó por todo lo ancho y largo.

— Ahora ábralos y hágalo con los ojos abiertos.

La mujer obedeció y se puso a acariciarle el pecho. Una sonrisa nerviosa provocó que mordiera los labios.

— ¡Ya! Creo que es suficiente.

— Como pudo ver, no la mordí.

— Gracias.

— ¿Puedo abrazarla?

— Si quiere. — la mujer se quedó congelada.

El joven se acercó suave y metiendo las manos debajo de los brazos la enrolló atrayéndola hacia él. Ahí se abrazaron y la mujer terminó llorando a mares por ese gesto.

— ¡Lo siento! No pensé que fuera reaccionar así.

— Eso significa que se ha guardado muchas cosas y necesitaba un poco de cariño. — Le agarró, las manos.

— ¡Puede ser! Pensará que soy una mujer tonta.

— Para nada. Solo pienso que es una hermosa, mujer.

Agarró las manos y llevándolas hacia atrás del cuerpo de la mujer, la volvió a arropar contra su cuerpo.

— ¡Creo que me quedaría de este modo toda la noche!

— Si gusta, lo podemos intentar.

— Es demasiado bonito y no sería correcto. — Se apartó y agregó: Creo que es tiempo de irnos a la cama. ¡Feliz noche!

— ¡Feliz noche!

Esmeralda se encerró y el chico esperó unos segundos, luego se quitó el pantalón y lo puso sobre una silla de madera que tenía cerca de la mesa de la sala. Después, con mucha parsimonia se acostó en la hamaca y se quedó mirando en dirección del cuarto.

Por su parte, Esmeralda se metió a la cama y se arropó. Cerró y sin quererlo, volvió al momento del abrazo. Sonrió plácidamente y sintió un deseo profundo de agradecimiento.

A los minutos, la mujer escuchó el ruido de la hamaca al moverse. Sonrió y se dijo: ¡Está despierto! Se sentó al borde de la cama y miró hacia la puerta. Si fuera más valiente, me levantaría con cualquier pretexto para verlo y a lo mejor, le pediría que me regalara otro abrazo.

¿Por qué soy tan cobarde? El joven no tiene nada con mi hija, mi marido está lejos y no le importo. A lo mejor si le pidiera que me hiciera el favor, no le importaría. Me dijo que no era fea. ¿Qué pensaría si me viera desnuda? ¡Como me gustaría que me hicieras las cosas que le hizo a Eva!

En ese momento, escuchó que el chico estornudo y dijo: ¡Pobre, debe tener la garganta seca! No le puse agua. Iré a traerle agua.

Se puso de pie y dio unos pasos hacia la puerta. La mujer vestía un camisón blanco y sobre él, una bata para cubrir la transparencia. Sonrió y, en ese momento, decidió quitarse la bata. Se mordió los labios y abrió la puerta. Al ver hacia la hamaca, encontró al joven sentado sonriéndole. Solo estaba en calzoncillos.

La mujer sintió que su cuerpo hervía por dentro.

— ¡Escuché que tiene seca la garganta! ¡Iré por un vaso de agua! — La chica dijo la frase casi de manera inaudible.

Roque, por su parte, no dijo absolutamente nada y se limitó a seguir la figura. Una sonrisa pícara brotó en el rostro del joven. Él sabía, perfectamente, la razón por la cual la mujer había salido del cuarto.

La mujer regresó a los segundos con un recipiente lleno de agua fresca y un vaso. El chico había cambiado de posición y se había sentado en la silla de manera, cerca de la mesita del centro.

Al verlo, tuvo la intención de recular y se detuvo por unos segundos. Luego, reaccionó con una sonrisa y bajó los ojos para no mirarlo de frente. Estaba actuando como una jovencita y sus primeras aventuras amorosas. Se acercó y depositó en la mesa el agua. Al hacer ese movimiento, los senos de la mujer se soltaron y parecieron salir de la prenda. Como el muchacho estaba cerca, estiró fácilmente los brazos y metiendo las manos, bajo la prenda transparente, los atrapó y de inmediato se puso a acariciarlos muy delicadamente.

Esmeralda, al sentir el contacto, cerró los ojos. Luego, se dio media vuelta y se colocó frente al tipo. Respiró profundo y acercó el cuerpo. Las manos de Roque se movieron de tal manera que los tirantes se deslizaron como gota de rocío sobre una hoja. La prenda cayó enrollada alrededor de los pies de la dama. La mujer abrió los ojos y mostrando una sonrisa de placer, se puso a jugar con el cabello del chico. Los labios del muchacho buscaron los senos y de inmediato se pusieron a jugar con ellos. La chica que parecía soñar despierta, murmuró una frase que decía todo:

— ¡Por favor, no se detenga!

A los minutos, las piernas de la mujer temblaban de placer. Abriéndolas, buscó la manera de sentarse sobre el hombre. Todo encajó perfectamente y la chica dejó que su cuerpo reaccionara según los mandatos del caballero. Al explotar por segunda vez, la emoción la cubrió completamente y agarrando el rostro del muchacho, buscó la boca para besarlo con pasión desenfrenada.

A los minutos le rogó que le hiciera el amor en la cama. Por alguna razón, deseaba que en ese lugar sagrado pudiera consumir un deseo profundo. Roque levantó a la dama con su cuerpo varonil y en brazos, la llevó muy aseñorado. Esmeralda parecía flotar sobre nubes de algodón.

En la cama, Esmeralda cerró los ojos para grabar en su memoria cada gesto de amor. La pasión fue tan inmensa que no se dio cuenta el momento que se quedó dormida.

El día siguiente, al amanecer, unos truenos cercanos la despertaron. Estaba empapada como si había tenido calentura. Intrigada comenzó a tocarse y comprobó que estaba mojada por dentro. Miró hacia todos lados y el chico no estaba ahí. La puerta estaba cerrada y tuvo dudas sobre lo que había pasado en la noche.

Se levantó y abrió la puerta. La hamaca estaba vacía. De repente escuchó un ronroneo en el cuarto de Rocío. Se acercó y encontró a Roque jugueteando con la niña. Le había dado de comer y puesto ropa limpia. Al verla, le dijo:

— ¡Hola! ¿Qué tal durmió?

— Bien ¿Y usted?

— Muy bien.

— ¿Llueve fuerte?

— Comenzó desde temprano.

— ¿Ya desayunó?

— Sí. Le cuento que los trabajadores están esperando que alguien les dé una orden. No saben qué hacer.

— Es verdad, no está ni mi marido ni mi hija.

— ¿Quiere que la acompañe?

— La verdad, sí. No estoy acostumbrada a tratar con los trabajadores.

Esmeralda y Roque hablaron con los trabajadores para ponerlos al tanto de lo que pasaba con el patrón. Luego, Roque les propuso que estuvieran atentos a las crecientes de los ríos y si alguna familia se veía en peligro que avisaran.

Esa noche, cuando se alistaban para acostarse, se dieron cuenta de que habían aparecido algunas goteras en la casa. La intensidad de la lluvia y el viento posiblemente había desplazado algunas tejas. Las identificaron y Roque trató de repararlas, algunas estaban demasiado altas por lo que pusieron recipientes. Esmeralda, se quedó un poco sorprendida por la habilidad mostrada por el chico.

— ¿No sabía que conocía algo de construcción o albañilería?

— Para ser honesto, nunca he trabajado en eso. Aunque no lo crea, esto lo aprendí viento a don Ramón.

— ¿Mi esposo? Ese nunca ha levantado una mano para arreglar algo en la casa.

— Pues, yo lo vi reparar un tejado de una casa cuando me llevó a conocer las tierras del norte.

— ¿De verdad? ¡Puedes ser! Como suele suceder, muchos son candil de la calle y oscuridad de su casa. — La mujer se puso de mal humor.

— ¡Creo que eso es todo! Al menos, tenemos todo bajo control.

— ¡Creo que me llevaré a la pequeña a mi cuarto! No vaya a ser que caiga una gotera ahí y se me moje.

— Es buena idea. ¿Quiere que le pase la cuna?

— No. Dormirá en la cama conmigo.

— ¡Por lo que veo, se está protegiendo!

— ¿Por qué dice eso?

— Bromeaba… Si estuviera durmiendo sola y la puerta estuviera abierta. Si tengo miedo, me podría pasar a su cama.

— Entiendo, pero si fuera el caso creo que sería yo quien saldría buscando sus brazos en la hamaca. Los rayos me dan pánico. Cuando truena y estoy sola, me enrollo en mi colcha y me pongo a temblar.

— ¿De verdad?

— Aunque no lo crea. Ahora iré por mi bebé.

La mujer se dirigió al cuarto y a los minutos salía en dirección de su dormitorio. La niña seguía dormida. En ese momento, se escucharon unos golpes en una puerta de la casa y Roque se dirigió para saber quién era.

Al abrir, se dio cuenta de que era una empleada. Esta le informaba que una familia de los trabajadores había llegado pidiendo refugio porque su casa se la había llevado el río. De inmediato, el chico fue a ver a los damnificados y con algunas muchachas los acomodaron en el establo. La familia era numerosa y estaba mojada. Les consiguió ropa seca para cubrirse y pidió que les preparen una bebida caliente para que no se enfermaran.

Al regreso a la casona, informó a Esmeralda de lo ocurrido y de las decisiones tomadas esperando haber actuado bien. La mujer no puso objeciones y lo felicitó por haber actuado en su nombre. Mejor no lo hubiera hecho. Ese hecho los puso en qué pensar porque según los informes recorridos durante el día. Los cultivos se habían perdido y esperaban que el ganado resistiera. Los ríos cercanos estaban a punto de salirse de su causa. Por suerte, la hacienda había sido construida en una colina.

En ese momento, la lluvia se tranquilizó hasta quedar como una simple llovizna.

— ¡Creo que es mejor que nos vayamos a acostar porque me temo que mañana será un día largo! — Dijo Esmeralda mientras se mantenía inquieta con los brazos cruzados bajo sus senos.

— ¡Tiene razón! Creo que se vienen días largos.

— Por cierto, ¿sigue con la idea de irse el domingo?

— No lo creo. Primero porque no puedo dejarla sola; segundo, no me he despedido de Rosa María y tercero, no sabemos el resultado de su esposo.

— ¡Gracias por no dejarme sola! No sabe cuánto se lo agradezco.

— Digamos que la vida me ha colocado en este lugar y en este momento, por alguna razón. Yo sólo hago lo mejor que puedo y está en mis manos.

— ¡Y lo hace muy bien! Créame que sería un buen marido.

— Me conformo con ser un buen hombre.

— No tengo dudas de que lo es. ¡Ahora sí, no lo aburro con mis cosas! ¡Que tenga buenas noches!

— Usted también.

— Si vuelven a volver a tocar, no dude en despertarme. Dejaré la puerta abierta.

— ¿No tiene miedo que entre? — Sonrió pícaramente.

— No. De todas maneras, si entra es porque tiene miedo y a lo mejor, entre dos miedosos nos quitamos el miedo. ¡Quién sabe! — Bromeó.

— ¡Veo que está más segura de su persona!

— Digamos que trato de ser lógica. Considero que es un buen hombre porque me lo ha demostrado, no creo que me quiera matar o golpear. Entonces, si pasa algo, seria que yo lo he consentido.

— Eso es verdad. Nunca haré algo contra su voluntad.

— ¡Como ve! No tengo por qué temer.

En ese momento, la lluvia comenzó a caer de manera más intensa.

— ¡Parece que esto va para largo!

— ¡Tratemos de descansar, entonces!

Como a la media hora de haberse acostado. Esmeralda se puso de pie y se dirigió a la ventana de su cuarto. Abrió, un poco, para que el aire entrara. A pesar de estar lloviendo, en el cuarto hacía calor. Sin embargo, la verdad era que la menopausia se comenzaba a manifestar en la mujer.

Roque al sentirla levantarse pensó que había pasado algo. Se levantó y como la puerta estaba medio abierta, se introdujo y al ver al pie de la ventana, preguntó:

— ¿Todo está bien? — en son de broma, agregó: ¡No crea que entré para verla!

— Lo sé. No se preocupe. No sé si es mi cuerpo o está haciendo calor. — Movió el camisón transparente y de tirantes.

— ¡Yo siento algo de frío!

— Como es la vida de absurda… usted con frío y yo con calor.

— Será que quiere que nos ayudemos. ¿Quién sabe?

— Usted y sus bromas.

El tipo se acercó y se puso detrás de la mujer. Se quedó en silencio y se puso a observar el cuerpo de la dama porque con la luz de algunos relámpagos, se transparentaba la figura dejando ver lo que tenia y no tenia debajo de la tela.

Como leyendo el pensamiento, la señora le dijo:

— ¿Imagino que se está haciendo preguntas? ¡Es mejor que salga de dudas!

— Es verdad… me peguntó ¿Por qué una mujer tan bella está sola? Me gusta ver su figura y me preguntaba: ¿Se molestaría si la abrazo? Si eso sucede, ¿Me permitiría que la acariciara? Me pregunto ¿Podré aguantarme al sentir su piel? ¿Me gustaría sentir su calor, susurrarle al oído?

— Son muchas preguntas que no sabría responderle. Sin embargo, no me opondría a que me abrazara. De ahí en adelanto, no puedo asegurarle que pasará. Ni yo misma lo sé. ¡Cómo quiera hacerlo dependerá de usted! Se lo dejaría a su discreción.

Rodrigo se acercó y levantando la prenda, metió las manos para poder enrollarla y apretarse cálidamente. Esmeralda cerró los ojos y deseó estar soñando para no despertar. Deseaba que aquello se eternizara.

Al día siguiente, mientras desayunaban, se escuchó un vehículo llegar. Era Rosa María que llegaba con noticias de su padre. Su rostro no mostraba nada alentador.

VI- CORAZÓN PARTIDO SIGUIENDO HUELLAS

Don Ramón había quedado paralitico de la cintura hacia abajo. Además, los golpes recibidos en la cabeza habían dañado el sentido del habla, la memoria y por la lluvia se había desarrollado una neumonía. Los doctores no daban muchas esperanzas de vida. Según, sus cálculos, sus días estaban contados.

Además de los problemas de salud del padre, vinieron los problemas económicos. La cuenta del hospital era muy elevada y como habían salido corriendo, Rosa María no tenía de donde sacar la plata para pagar los gastos. Por suerte, una tía que vivía en la ciudad les prestó el dinero.

Ahí se dio cuenta que quien manejaba todo el aspecto económico de la familia era el padre. La hija no sabía ni en qué banco tenía la plata. Por eso, decidió volver a la casa para preguntarle a la madre y ver la manera de cancelarle a la tía.

Las dos mujeres se encerraron en la casa junto con Roque para analizar la situación de la familia. Ahí, se dieron cuenta de una terrible realidad. Según, Esmeralda, el marido no tenía ninguna cuenta bancaria. No tenía confianza en los bancos. La manera de trabajar era sencilla: si tenía necesidad de dinero, vendía algunas reces o con la venta de la cosecha y la leche, se sostenían. En la casa, la señora tenía algunas economías que podría servir para algo.

Así, con la plata de Esmeralda se lograba pagar la deuda con la tía y agregar un poco más al hospital. Decidieron que necesitarían vender algunas vacas para terminar de pagar la deuda. Por esa razón, decidieron que Esmeralda se fuera para la ciudad y llevara el dinero a la tía. Rosa María se quedaría para hacer frente a la situación y descansar un poco porque se veía agitada con el problema del padre.

Roque, en ese momento, se dio cuenta de que Esmeralda era la dueña absoluta de todo lo que poseía la hacienda. El señor tenía un poder absoluto que, le permitía hacer cualquier tipo de negociación. Todo eso era la herencia que la mujer había recibido de sus padres.

Rosa María estaba sumamente cansada por eso, después que la madre se marchó, se metió al cuarto para dormir. Ni siquiera pudo conversar con Roque para ponerlo al tanto de todo. El padre de la hija había preguntado por las dos a la tía. Según su familiar, el tipo se había mostrado preocupado y deseaba saber, cómo se encontraba. Él insistía en tratar de conseguir la dirección porque deseaba saber si el hijo de ambos, había nacido. En ese momento, no se imaginaba que, había sido una mujercita.

Por la tarde, la tormenta se había convertido en huracán de grado superior. Los vientos eran de más de cien kilómetros por hora y el agua caía a cántaros. Muchos árboles frutales no resistieron a los golpes impetuosos del viento y fueron arrancados con todo y raíz. Los puentes, igualmente, se vieron sorprendidos por el torrente de agua y cedieron a la fuerza destructora desencadenada.

Más familias de los trabajadores se acercaron a la hacienda en busca de protección porque sus casas habían sido arrastradas. En ese momento, Roque tomó las riendas de la hacienda porque todos se abocaron hacia él para buscar soluciones. Lo primero que hizo fue, enviar a los trabajadores en cuadrillas para averiguar la situación en la cual se encontraban todas las familias, dando la instrucción de no dudar en llevarlas al lugar para protegerlas. Con la gente de la hacienda se pusieron a preparar el lugar para recibirlas. Buscaron ropa seca, prepararon alimentos y establecieron espacios para que se resguardaran.

Por la tarde, diez familias estaban en la hacienda porque no se pudo llegar a las demás. Esperaban que pudieran haber buscado un refugio en las alturas para evitar los deslaves e inundaciones. La mayoría se encontraba cerca de ríos y riachuelos. Las noticias eran malas en relación con el ganado. Inclusive, las vacas que pastaban en las cercanías se habían dispersado o ahogado. Todo aquello parecía un pantano.

Cuando Rosa María se despertó, se encontró con la sorpresa que inclusive en la casona había gente extraña. Roque se encargó de ponerla al día de la situación y las razones que, lo llevaron a tomar esas decisiones. La joven no puso, oposición y confirmó todo. Los tres siguientes días, la tormenta no cesó y las aguas comenzaron a rodear la hacienda.

En ese tiempo, Rocío tuvo la oportunidad de convivir con otros niños y se le vio muy feliz. Una noche de esas, Rosa María se quedó muy pensativa y compartió sus pensamientos con Roque. La mujer se lamentaba de haber tomado la decisión de operarse para dejar de tener hijos. Veía la necesidad de darle más hermanos a su hija para que no viviera en una burbuja, como le tocó vivir a ella. Inclusive, tuvo un pensamiento por su padre que estaba pasándola, mal. Al darle, la noticia de su inmovilidad se deprimió mucho y no quiso hablar. En ese momento, se dijo que, un hijo, le hubiera caído bien para que tomara las riendas de la familia.

Roque que, en esos pocos días, había descubierto muchas cosas; se mordía, los labios para no abrir la boca. Sin embargo, no pudo evitar dejar salir, una reflexión al respecto:

— ¡Conociendo a tu padre, no te ha pasado por la mente nada anormal! En estos pocos días a su lado, he descubierto muchas cosas de él. ¿A lo mejor: no te interesa, ni quieres saberlo?

— ¿Qué estás diciendo? ¿De qué hablas? — Respondió abriendo los ojos, grandes como una luna llena.

— ¿Crees que tu papá utiliza condones?

— ¡No lo creo! ¿Qué quieres decir? ¡Habla claro, no andes con medias palabras! — Alzó un poco el tono y mostró un enojado.

— Tu padre ha sido un hombre muy activo sexualmente hablando. Si miras, a tu alrededor. — Señaló con los ojos a los invitados— Muchos de esos jóvenes y niños, pueden ser familiares. ¿Conoces, a Moisés, el capataz? El que se encarga de los cultivos de maíz. Si lo observas, tiene un parecido a tu padre y hasta, su manera de caminar. — Respondió bajando la voz para decirle que no estaba peleando.

La mujer recuperó una imagen de su pensamiento y abriendo, los ojos, dijo:

— ¡Es verdad! Se parece mucho. ¡Tengo, un hermano! — Exclamó, con una voz vigorosa — Parecía sorprendida de verdad. Luego, se quedó como en el limbo uniendo cabos sueltos.

— En estos días, he conocido más de cinco mujeres en la vida de tu padre. Y según, los comentarios de los trabajadores, hay más. Entonces, no es de locos pensar que tienes muchos hermanos. Bueno, medios hermanos.

— ¡Quiere decir que, posiblemente, le he estado dando clases a mis propios hermanos!

— ¡La sangre llama a la sangre! — Sonrió, Roque.

La noticia no dejó de impactar a la mujer. Sin embargo, no tomó mal la posibilidad de un hecho que saltaba a la vista de todos. Sin embargo, tuvo un pensamiento de tristeza con relación a la madre. Mi padre es un sinvergüenza. Ha engañado a mi mamá en la propia cara. ¡Con qué cara puede reclamarle!

Al día siguiente, al ver a Moisés en la casa no tuvo necesidad de preguntar, las vendas de sus ojos cayeron al suelo y aceptó que el chico era su medio hermano. Como dicen, los hijos de afuera se parecen más a sus progenitores. Las rayas del tigre, no mienten.

Finalmente, al cuarto día, la situación comenzaba a mejorar y a la semana, apareció el sol. Cuando las aguas comenzaron a ceder, la desolación y destrucción era muy grande. En la hacienda, apenas, había un puñado de ganado. Las familias no podían regresar a sus hogares porque estaban destruidos. Así que la primera tarea de los trabajadores, fue: construir nuevos ranchos a las familias. Roque repartió por grupos a los trabajadores y en menos de una semana, las casas estaban, paradas.

Al mismo tiempo, el chico con algunos trabajadores, fueron a los pastizales del norte de la hacienda para constatar los daños. La sorpresa fue mayúscula. Todo el ganado había desaparecido. En su mayoría estaba, muerto porque una avalancha de lodo no dejó opción. Seguramente, las agarró de sorpresa y durmiendo.

De todo el lote, apenas encontraron unas cuantas cabezas que llevaron a la hacienda. Tenían la esperanza que más de alguna se hubiera podido salvar y marchado a las montañas para salvarse. Sin embargo, la extensión del terreno era demasiado grande para ir a buscarlas.

En ese momento, Roque y Rosa María se vieron ante un gran problema que resolver. La situación en la hacienda se volvía preocupante porque no había, trabajo y se tenía que despedir a algunos trabajadores: no se tenía dinero para pagar, aunque trabajo sobraba. La hacienda estaba literalmente en quiebra. Además, el patrón estaba hospitalizado y no se sabía cuando volvería. Sin contar que al volver, lo haría en una silla de ruedas.

Roque reunió a los trabajadores para ponerlos al tanto de la situación y que él, como Rosa María, no estaban en la posición de garantizarles nada. En ese momento, más de la mitad decidió, buscar otros trabajos porque necesitaban dar alimentos a sus familias. La pequeña parte, incluido Moisés, pidió la oportunidad de quedarse en sus ranchos y trabajar sin recibir sueldo para ayudar a levantar la hacienda.

En ese momento, el chico sugirió a la dueña de la hacienda que permitiera a sus trabajadores poder cultivar granos básicos y hortalizas en sus terrenos. Además, podía ayudar a construir un gallinero para criar aves y poder vender sus productos.

La idea fue, muy bien recibida y se pusieron manos a la obra. Al ver, la manera de actuar de Roque, Rosa María decidió ponerlo al frente de la hacienda y este aceptó con la condición que Moisés fuera su mano derecha. Ambos aceptaron el pedido.

Al mes, el padre y la madre, no daban signos de vida porque los caminos estaban todavía bloqueados. Sin embargo, en el pueblo cercano, la correspondencia no dejó de llegar. Al ir a averiguar, se encontraron con una carta de un banco que, estaba, fechada cinco meses antes.

Al abrirla, Rosa María se dio cuenta de que era un aviso importante. El padre había obtenido un préstamo poniendo la hacienda en garantía. El préstamo más intereses acumulados era muy alta. Casi se cae de espaldas. Lo peor, solamente tenían un mes para pagar. En ese momento, a la familia, le estaba lloviendo sobre mojado. Las malas noticias no dejaban de salir. Apenas sacaban la cabeza del agua cuando otra les volvía a hundir.

Rosa María se dirigió de inmediato a la institución para ponerse al tanto de la situación y tratar de averiguar posibles soluciones, cómo obtener más tiempo para el pago. Las autoridades del banco no anduvieron con cuentos porque veían un gran negocio en sus manos. La hacienda se había valorado a la baja y en realidad valía una fortuna.

Al volver, hicieron números positivos y llegaron a la conclusión que, ni vendiendo las reses presentes, podían pagar dicha cantidad adeudada. Rosa María aceptó con tristeza que perderían la hacienda. Esa noticia terminaría de matar al padre. Sin embargo, tenía la esperanza que el padre tuviera dinero metido en alguna parte. Por eso, decidió regresar al hospital para hablar con sus padres y ponerlos al tanto del problema. La chica no había caído en la cuenta que el padre seguía recibiendo un tratamiento de recuperación y el hospital no lo hacía gratis. Otra lapida, más para su tumba.

Roque quedó a cargo de la hacienda y con un papel oficial dándole el poder de vender el ganado. No tenían otra opción y no podían permitirse que llegara el último día sin tener en la mano el dinero. Al menos, si no pagaba el préstamo, con ese dinero podían comenzar una vida nueva en otro lugar.

Por suerte, Roque no era de los hombres que se quedaba con los brazos cruzados esperando que le cayera el techo sobre la cabeza. El joven se alió con Moisés y juntos, se pusieron a buscar otras soluciones. Para sorpresa de Roque, Moisés salió de mucha ayuda porque tenía conocimiento de personas que podían comprar el ganado a mejor precio. Igualmente, establecieron un plan para ir a buscar la mayor cantidad de las vacas perdidas.

A los quince días, Rosa María volvió con sus padres. El señor llegó en silla de ruedas y con un semblante que desgarraba el alma. En cambio, Esmeralda se veía más mujer: segura de sí misma y elegante. El cambio sorprendió a más de uno. Los comentarios y chismes saltaron rápidamente preguntando qué había ocurrido en la ciudad.

Roque puso al tanto de la situación a la familia y entregó el dinero de la venta de los animales. Había logrado reunir toda la plata con la ayuda inestimable de Moisés. Según, los cálculos, existía la posibilidad de encontrar más ganado perdido y, con eso, comenzar a levantar la hacienda.

Don Ramón que apenas reconocía a las personas, se sintió muy mal al ver que todo su imperio se había venido abajo como un castillo de barajas. Ambas mujeres temían por su salud.

Cuando Roque preguntó a Rosa María, cómo había quedado la situación con el hospital La chica, le comentó que todo había quedado cancelado. El tipo le preguntó si el padre tenía dinero en alguna cuenta. La mujer le respondió que su papá no tenía nada guardado, pero que surgió una persona que pagó toda la deuda. Hasta el momento, no sabía quién era. Sin embargo, ella pensaba que había sido el padre de su hija. Días antes, había llegado a preguntar, nuevamente, por ella a casa de su tía y ahí le comentaron la situación que pasaba el padre.

El comentario no había caído muy bien a Roque porque sabía perfectamente que el primer amor, siempre tiene algo importante en la vida de las personas. Esa huella, difícilmente, se puede olvidar. La pregunta, era: ¿Qué tanto afectaría a Rosa María esa, noticia? En ese momento, había mucho pan sobre la mesa porque los problemas en la hacienda no dejaban de salir. El viaje de regreso de Roque se había postergado por algunos días más. El chico quería marcharse dejando a la familia en una mejor situación. Sobre todo que se había convertido en la cabeza pensante ante los trabajadores.

A los quince días, el susodicho se presentó a la hacienda pidiendo ver a su hijo. El rostro le cambió, cuando descubrió que era una mujer. Sin embargo, trató de cambiar su reacción y se volcó hacia la madre, Rosa María, porque se había puesto muy hermosa. Los piropos y halagos provocaron en la mujer un renacer en su interior. Parecería que las brazas no se habían apagado. El hombre tuvo el deseo de comer carne y mataron un ternero.

A todas estas, Roque había pasado trabajando al lado de los trabajadores levantando unos alambrados para el ganado. Cuando llegaba al atardecer, observó el ambiente y preguntó la razón de tal festejo. Ahí se dio cuenta de la noticia. Lo que temía que sucediera, había pasado. Al menos, se daría cuenta de una verdad: cuáles eran, los sentimientos de Rosa María, en relación con el sujeto.

Al llegar, encontró una escena que no era muy cotidiana. Toda la familia estaba, reunía. Rosa María a un costado del tipo y este, con la niña en brazos. Todo parecía que rodaba de las mil maravillas. Al ver a Rosa María pudo descubrir un brillo extraño en sus ojos, brillaban como una quinceañera enamorada. Al verlo, la chica se puso algo, nerviosa y se levantó para presentarlos. En ese momento, Rocío levantó los brazos hacia Roque.

Sin embargo, el chico le dijo a la pequeña que luego la agarraría porque tenía que ir a bañarse. Ambos hombres se saludaron con cierta diplomacia y marcaron el terreno en un apretón de manos. A los minutos, el muchacho se alejó bajo la excusa que necesitaba irse a bañar. Sin embargo, no se le volvió a ver durante el resto del día.

Roque sintió por primera vez que todo dentro de él se desplomaba. En ese momento, descubrió que existía un sentimiento hacia Rosa María. Sin tener motivos, había construido una posibilidad y la misma realidad le gritaba que no inflara ese globo. En ese instante, el chico retomó la idea de marcharse. La hacienda comenzaba a caminar y, para ser honesto, su presencia cada vez era innecesaria.

Durante esa semana, Rosa María pasó mucho tiempo junto al padre de la hija. Para sorpresa de Roque, el invitado se quedó a dormir en la casona. Algo que no le habían permitido a él. Durante esa semana, el tipo le agradeció haberse ocupado de la familia y de su hija. Al mismo tiempo, hizo ver que él se encargaría de la hacienda porque pretendía casarse con Rosa María. Todo parecía que, las huellas del pasado, volvían a la vida de Rosa María.

Esa noche, Roque se puso a meditar y llegó a la conclusión que era el momento de dejar aquellas tierras. Esos tres meses habían sido, intensos. Al día siguiente habló primero con Esmeralda y luego, con Rosa María, ambas se lamentaban de la decisión, pero sabían que sobre su espalda, había caído un peso que no le pertenecía. Era el momento que la familia se hiciera cargo de sus obligaciones. En ese instante, no se puso una fecha y las mujeres, esperaban que no fuera tan pronto.

Al día siguiente, Rosa María y el padre de su hija salieron rumbo al pueblo más cercano. Supuestamente, iban por ciertos víveres y medicina para la pequeña que tenía gripe. La verdad era que el tipo quería estar a solas con la mujer porque en la hacienda, no había podido intimar.

Ese mismo día, sin despedirse de la familia, Roque se marchado del lugar. El chico que había ido por él al aeropuerto, tuvo la gentileza de encaminarlo hasta el pueblo más cercano para que abordara un bus que lo llevaría a la ciudad.

Mientras tanto, Rosa María y el padre de su hija, al llegar al pueblo se dirigieron a una farmacia. Sin embargo, el chico tenía otros planes en la cabeza. Casi la obligó a ir a un hotel. Mientras caminaban rumbo al lugar, Rosa María comenzó a recordar pasajes de su vida, junto al hombre y un desencanto se instaló en la mujer.

Al estar en el cuarto y ver la prisa del tipo. La mujer lo paró en seco y antes de meterse a la cama, le pidió que pusieran todas las cartas sobre la mesa. Ahí aparecieron los reclamos por haberla dejado, sola; por no buscarla y por el mal trato que le había dado. Le agradeció el hecho de haber pagado el hospital, pero que no podía pagarlo, por el momento. Sin embargo, consideraba que podía considerarse como un regalo a su hija, al ayudar a su abuelo. El tipo se enojó porque creía que todo estaba arreglado y que todo seguía, como antes. En ese momento, le sacó en cara que lo rechazaba porque estaba, viviendo con Roque.

Rosa María le respondió que no era verdad, pero que el chico se había comportado como el marido que nunca tuvo. Ha sido padre y amante. Compañero y solidario en las buenas y en las malas. Que Rocío, en verdad, lo ama como el padre que nunca conoció. En ese instante, la mujer se dio cuenta de que amaba a Roque.

El hombre se enojó y quiso abusar de la mujer. En ese momento, la mujer se paró enérgica y amenazándolo, le dijo:

— ¡Si me tocas, te denunciaré ante las autoridades!

Entonces, el joven amenazó con llevarse a la hija. La muchacha sacó su última carta y le dijo, con mucha serenidad:

— El tiempo que me dejaste sola sirvió para que aprendiera muchas cosas. Como el hecho de tener contactos en Interpol. No te dejaría en paz hasta recuperar a mi hija. Ahora bien, si quedamos en buenos términos, podrías visitar a Rocío cuantas veces quieras y cuando, sea mayor, si ella lo desea, puede irse a vivir contigo. Además, lo tuyo es un capricho; puedes conseguir cuanta mujer quieras.

Aquellas palabras hicieron reflexionar al tipo y terminó aceptando el trato que le propuso. Rosa María regresó sola a la hacienda y en ese lapso, se puso a meditar sobre Roque. De repente, se dijo: No me había dado cuento la importancia que ha tenido en mi vida y la sigue teniendo. No puedo negar que me ama. Y siendo honesta, también, lo amo aunque me cueste reconocerlo. Me pregunto si quisiera hacer una vida conmigo. No encontraría a otro igual. El hecho de saber que se va, me pone triste. Como hombre me gusta y como persona es oro puro. ¿Si le confieso que estoy enamorada de él, se quedara? Lo he rechazado tantas veces que a lo mejor dejó de verme como mujer. En estas semanas, no me ha insinuado nada. ¿Tendrá otra mujer?

En ese momento, iba llegando al rancho. La tarde estaba cayendo y lo desolado del campo por la tormenta, ofrecía una imagen de tristeza.

Al llegar sola, lo primero que hizo fue hablar con la madre. luego, quiso hablar con Roque. En ese momento, se dieron cuenta de que se había marchado. Fue Eva quien les dio la noticia y la carta que había dejado. En ella explicaba las razones, de su marcha sin despedirse. Agradecía, todas las atenciones y pedía que cuidaran mucho a su princesa, Rocío. A Rosa María le deseó mucha suerte en su vida con el padre de la hija. Terminó diciendo que las huellas terminaron partiéndole el corazón porque en el fondo, descubrió que la amaba y tenía que renunciar a ese amor.

Rosa María se puso a llorar porque, igualmente, descubría que, lo amaba y no había logrado apreciarlo a su justa, valor. Entonces, Esmeralda, le propuso que fuera a buscarlo antes de que se marchara del país. Que, hablara con él y que expusiera sus sentimientos. Solamente, en ese momento, descubrirían la verdad.

Tenía que dejar la posibilidad que al verlo y abrir su alma, no pasara, nada y quedaran como los buenos amigos que eran.

En ese momento, la chica se subió al vehículo con el chofer y decidieron dirigirse al aeropuerto. En el camino, el muchacho que conducía, se atrevió a hablar con la chica.

— ¡Perdone, patrona! Sé que no me es permitido hablar con ustedes si no me lo ordenan.

— ¡Puede hablar! ¿Hay algún problema?

— Usted me pidió que la llevara al aeropuerto. ¿Piensa viajar o va, en busca del señor Roque?

— ¡Quiero alcanzar a Roque! ¿Por qué?

— No pienso que se haya dirigido al aeropuerto. Yo lo llevé al pueblo y me hizo muchas preguntas.

— ¿Cómo cuáles?

— Si las playas de la zona eran hermosas. No había tenido la oportunidad de visitarlas.

— ¿Y usted que le dijo?

— Usted sabe, cuáles son las mejores.

— Pero hombre, como no me lo dijo, eso antes. Detenga el carro y de la vuelta. Vamos a esa playa.

Como a las ocho de la noche llegaron al lugar y preguntaron en los hoteles, pero nadie les dio razón. Entonces, decidieron quedarse en uno de ellos y volver al camino del aeropuerto porque era lo más seguro que el chico hubiera hecho eso. Su decepción, seguramente, no le permitiría quedarse en las cercanías.

Esa noche hacía mucho calor y el mar con sus olas altas, invitaba a la meditación. En la zona, la playa estaba así desierta. Rosa María sintió el deseo de salir a caminar en la arena. Ella había comprado en el hotel un vestido más cómodo para aguantar el calor. La humedad pegaba la tela al cuerpo.

La chica se puso a caminar y se dejó enamorar por la luna y su reflejo. Enamorar por las olas y su murmurar sobre los pies; por las palmeras jugando a ser bailarinas con la música del mar. De repente, observó unas huellas sobre la arena y comenzó a caminar sobre ellas, como tratando de seguirlas. A los metros de caminar, observó la figura de una persona en la oscuridad que yacía acostada viendo las estrellas. El tipo estaba con las manos debajo de la cabeza utilizándolas como almohadas, mientras las olas jugaban a tocarle los pies.

— La mujer no dejó de caminar y de repente, su corazón comenzó a latir fuerte. Cada vez, la figura se parecía a su amado. Sonrió y continuó siguiendo las huellas. Al estar a unos pies de distancia y reconocerlo, dijo:

— ¡No es correcto despedirse por carta, dejando al final una declaración de amor!

El tipo volteó y asombrado, dijo:

— ¡Eres verdad o eres mi deseo que, me juega una pasada!

La mujer se sentó al lado y acercándose, lo besó dulcemente. Luego, se acostó a su lado

— ¡Cómo, quieras! Puedo ser un sueño o una realidad.

— ¡Cómo, me encontraste!

— Siguiendo tus huellas.

— ¿Por qué me seguiste?

— Ya te lo dije. Tu declaración de amor, necesitaba una respuesta.

— Y ¿cuál es?

— Ya lo sabes… tus sentimientos son correspondidos. ¡Creo que siempre, te he amado!

— Y ahora que sabemos que nos amamos, ¿qué hacemos?

— No sé. Mi deseo era que supieras mis sentimientos. El resto tendremos que, decidirlo nosotros.

— Cómo quien dice: Crear nuestras propias huellas.

— Que nos seguirán, el resto de nuestra vida. No me veo con nadie más.

— ¿Y el padre de Rocío?

— Él seguirá siendo el padre de ella, pero no tendrá cabida en mi corazón. En él, solo deseo que estés tú. Sin embargo, no respondas, quiero que mantengas el misterio, pero que me ames, como solo tú lo sabes hacer.

La mujer se dio media vuelta y buscó los labios. La pareja se entregó al amor y firmaron en la arena un compromiso, eterno. Las huellas en la arena, las borraba el agua, pero volvían a aparecer con cada gesto de amor que salía de ellos. Sobre la arena, la luna blanca pintaba de misterio las huellas de amor de la pareja.

FIN

«Nuestras huellas nunca desaparecen, a pesar de las olas del tiempo. Ellas son parte de nuestro caminar y estamos obligados, con ellas, a conciliar».

DESCRIPCIÓN DEL ESCRITOR

ROBERT MAXIMILIAM

Salvadoreño por nacimiento, canadiense por convicción. Desde muy joven tuvo en sus manos y en sus sueños la palabra como compañera de cuna. Inspirado por el romanticismo evocado por los cuentos y leyendas de su abuelo materno, se comenzó a bañar en el *chorrito* de la narrativa oral; motivado por la dedicación, el esfuerzo y la lírica de profesor de educación básica, su padre; puso forma a su creatividad innata. La palabra se hizo verso, el verso, melodía; la melodía alas blancas y con ellas, se lanzó al vacío de su poesía.

La narrativa romántica entró a formar parte de su mundo literario al contemplar su historia en hojas de papel. El deseo de unificar sus diferentes estilos de escritura, le dirigió hacia la prosa con encajes de belleza que por naturaleza es hermosa. Surgió de ese modo, un poema de amor que, como cualquier flor, maravilló a su creador. La expresión se conjugó con la emoción y dejaron salir siluetas de cometas buscando planetas donde anidar su devoción.

El verbo se hizo palabra, la palabra vida y la vida, símbolo de comunión. Sus expresiones literarias van repletas de sentimiento, de amor a la vida, de expresión popular y de mística por algo que ama desde lo más profundo de su ser, la escritura. En la distancia, su terruño querido, El Salvador, sigue siendo vida en el universo de su existir. Sus expresiones tienen el sentimiento de una cultura que nunca podrá olvidar.

HUELLAS

OTRAS OBRAS DEL ESCRITOR

ROMAX, UNA HISTORIA DE AMOR.

EL SAPITO

LA GUERRA QUE NUNCA QUISE

EL CAMINO DE LOS VOLCANES

COLECCIÓN DE POEMARIOS 2019

COLECCIÓN DE POEMARIOS 2020

COLECCIÓN DE POEMARIOS 2021

COLECCIÓN DE POEMARIOS 2022

COLECCIÓN DE POEMARIOS 2023

COLECCIÓN DE POEMARIOS 2024

www.ingramcontent.com/pod-product-compliance
Lightning Source LLC
Chambersburg PA
CBHW071351170626
46811CB00003B/1088